徳間文庫

義輝異聞

将軍の星

宮本昌孝

徳間書店

目次

前髪《まえがみ》公方《くぼう》

一

「おっ、雌《めす》よな……」

勢子《せこ》と猟犬たちが、山麓のすすきの原へ追い出してきた猪を、野陣から望見するなり、茶々丸《ちゃちゃまる》は歓声を放った。

猪の肉は、雌に限る。それも、若いほうがよい。

茶々丸は、軍陣鞍をつけた馬の背へまたがるや、近侍する壮年の武士を振り返り、前髪を揺らせて、叫んだ。

「播磨《はりま》、予《よ》と競え」

よばれた関戸播磨守吉信は、実直そうな面《おもて》を、わずかに綻《ほころ》ばせて、

「畏《かしこ》まって候」

と頷《うなず》き、自身も乗馬《じょうめ》の手綱《たづな》をとった。

主従は、あらかじめ決めておいたのだろう、ひと鞭入れて、五、六十間《けん》も駆けてから、すすきの原の切れ目で下馬した。

そこから段下がりに、石ころの多い川原がひろがっている。

主従が、川岸まで進んだところで、小姓衆がようやく追いつき、茶々丸のために床几《しょうぎ》を据《す》えた。

「たわけ」

狩りの興奮に、頬を上気させた茶々丸は、床几を小姓のほうへ蹴《け》り飛ばす。

「弓じゃ」

風が吹いてきた。

稲生沢《いのうざわ》川の川面《かわも》と、前にひろがるすすきの海が波立つ。

猪を追い立てる勢子たちの鳴り物の音と、猟犬どもの吠え声が、急速に近づいてくる。

茶々丸は、おとなが通常用いる長さ七尺五寸の弓をとり、矢をつがえた。

元服前にしては、随分と大柄な体軀《たいく》ゆえ、決して不釣り合いではない。

張りも、三人張りだ。

「予が先ぞ、播磨」

「心得ておりまする」

猪が、すすきの原から、川原へ跳び出してきたら、第一矢を茶々丸が射る。

それで斃《たお》れぬ場合は、第二矢を播磨守が継ぐ。

そうして順繰りに射て、先に致命傷を与えたほうを勝ちとすることが、主従の間では先に取り決めてあった。

鳴り物と犬の声がさらに高まり、その中から微《かす》かに地響きがわきあがってきた。

死に物狂いで逃げる猪が、こちらへ突進してくる。

茶々丸は、立射の構えをとり、弦《つる》をゆっくり引き絞りはじめた。

その前髪立ちの紅顔を、横から眺めながら、播磨守は、ふいに哀れを催した。

(このような至福の時が、いつまでつづくことか……)

茶々丸は、堀越《ほりごえ》公方・足利政知《まさとも》を父にもつ貴公子である。

政知は、六代将軍義教《よしのり》の第三子だが、庶子は出家という将軍家の先例に則《のっと》り、幼少時に京都北山の天竜寺香厳院《きょうごんいん》に入室、以後、二十三歳まで、御仏に仕えていた人である。

ところが、かつて義教に滅ぼされた関東公方《くぼう》足利持氏《もちうじ》の遺児の成氏《しげうじ》が、再び幕命に叛《そむ》いて挙兵したことで、政知の運命は変わった。

八代将軍で、兄でもある義政《よしまさ》の命令により還俗《げんぞく》、成氏討伐の総大将として、関東へ下向《げこう》させられることになったのである。

下向の供廻りは、わずか数名であった。

兵は現地にて糾合《きゅうごう》せよというのだが、昨日まで坊主だった男が、いきなり坂東《ばんどう》という気風の荒い、しかも未知の土地へ放り出されて、そんなことができるはずがない。

政知は、関東の豪族たちに、御教書《みぎょうしょ》を送ったが、もとより馳《は》せ参じる者など、皆無に近かった。

それどころか、逆に成氏の勢いに押されて、結局、政知は、関東へ足を踏み入れることすらできず、伊豆韮山《にらやま》の堀越に居館を設けて、ここに住むようになる。

そのため、当時、下総古河《こが》に拠《よ》っていた成氏が古河公方、政知は堀越公方とよばれるようになった。

堀越公方といっても、急拵《きゅうごしら》えだから、実態は飾り物にすぎぬ。

飾り物がなすべきことは、何もない。狩野《かの》川の流れを引き込んだ広大な庭園をもつ都ぶりの屋敷で、毎日、酒に溺れるばかりであった。

また、長く不犯《ふぼん》の身だったことへの反動か、政知はたちまち猟色家に変じた。何人か子をもうけたが、成長した男子は、茶々丸ひとりである。生母は、すぐに没した。

政知が、何故、茶々丸の傅人《めのと》に、播磨守を選んだのか、その心事は測りがたい。播磨守は、政知が京から伴《つ》れてきた者でも、後に呼び寄せた者でもない。下田の深《ふか》根《ね》城を居城とする伊豆の人であった。

あるいは政知は、もはや自身も、わが子も京へ戻る望みはないと覚悟し、ならば、せめて茶々丸には、武門の大将に相応《ふさわ》しい養育者をつけてやりたい、と考えたのかもしれぬ。播磨守は、伊豆では名高い勇将である。

播磨守は、政知の期待に応えるべく、茶々丸に、文武両道、厳しく教えようとした。が、茶々丸は、父親に似ず、体格に恵まれ、そのせいかどうか、文机《ふづくえ》に向かうことのきらいな性質《たち》であり、その分、武芸習得には熱心で、播磨守が舌を巻くほどの上達ぶりを見せる。

もともと播磨守自身、錬武《れんぶ》を専《もっぱ》らとするのが武士であり、文は公家のものという意識が、どこかにあった。

結果、出来上がった若者を、粗野で思慮が足らぬと眉をひそめるか、爽やかで純朴と好感をもつかは、見る人による。少なくとも、養育者の播磨守は、間違いなく後者であった。

その間に、政知は、京より正室を娶《めと》る。

武者小路隆光の女《むすめ》である正室の徳子は、その没後に、禅僧の追悼詩で、楊貴妃になぞらえられたほどであり、政知はたちまちその美貌のとりこになってしまう。

徳子は、しかし、虚栄心の強い悍婦《かんぷ》であった。堀越公方家の家督を、わが子に継がせたいと考えたのである。

政知が、徳子の言いなりになるのは分かりきっている。徳子の野心をいち早く見抜いた播磨守は、密かに京へ人を派して、義政へこのことを告げた。

義政は、すでに義尚《よしひさ》へ将軍職を譲ったものの、東山殿とよばれて、二頭政治のような形をとっていた。応仁の大乱以来、家督争いによるいくさにうんざりしていた義政は、徳子の子を、政知が出家時代を過ごした天竜寺香厳院の後嗣《こうし》と決めた。

これで、茶々丸が、堀越公方家を相続することも決定したかにみえたが、以後、何年も懐妊の気のなかった徳子が、二年前に二人目の男子、潤丸を産んだことから、ふたたび不穏の気が漂いはじめる。

このときには、京の将軍家は、義尚が近江国鈎《まがり》の陣中で没し、義政もまた重病に陥っており、堀越公方家の内紛の芽を事前に摘んでもらうなど、とてものこと不可能であった。

播磨守は、茶々丸が元服すれば、政知から家督相続の言質《げんち》をとりやすいと考え、外《と》山《やま》豊前守、秋山蔵人《くらんど》ら重臣に、急ぎこの件を諮《はか》り、内紛を避けるためには、それが最善の策であるとの賛意を得る。

実際、当時、茶々丸は、元服には順当な十五歳に達していた。むしろ、その体軀の立派さを思えば、おそすぎるというべきであったろう。

播磨守は、茶々丸元服の儀を強く求めたが、政知は、言を左右にして、承知しなかった。

徳子の意志が働いているのは明らかかと思われた。

実は、この悍婦は、播磨守に先手を打たれて、長子を京へ上らせた失敗を二度と犯すまいと、すでに家中に、潤丸擁立派を形成しておいたのである。

徳子は、ことあるごとに、政知へ、茶々丸の不行状の数々を、悪《あ》しざまに告げ口した。

茶々丸は、実際には素行不良というほどでもなかったが、その武骨さゆえの言動は、聞く人、見る人によっては、暴慢と思われかねないところが、たしかにあった。

政知自身、もともと京育ちで、しかも弓馬の道を学んだこともないため、徳子の言葉通りに受け取って、あらためて茶々丸の日常を眺めてみれば、これは乱行が過ぎると思うようになった。

一方で、最愛の妻との間にもうけた、愛らしい幼子の潤丸がいる。

老年の域に入り、しかも病気がちの政知は、気も弱って、しだいに情にのみ衝《つ》き動かされるようになり、露骨に茶々丸を疎《うと》んじはじめた。

親に嫌われた子が、平静な気持ちで過ごせるはずはない。

茶々丸は、前髪を下ろすことを許されぬまま、酒乱の人へと堕《お》ちていく。

粗野と無思慮が、露《あらわ》となり、乱暴をふるった。

徳子の侍女をひとり、手討ちにもした。

その侍女は、前髪を垂らしていながら、口のまわりにうっすらとひげを生やした茶々丸の顔を、笑ったのである。

播磨守は、茶々丸を、御所から伴れだし、下田の深根城に住まわせることにした。

政知と徳子のそばにいては、茶々丸の乱行が熄《や》まぬだろうこともあるが、ついには潤丸擁立派に暗殺されるやもしれぬ、と危惧《きぐ》したからであった。

もともと幼児期を、下田で過ごした茶々丸である。故郷へ帰ったような安心感を抱いたのだろう、半年もすると、乱行は収まり、播磨守が思っている爽やかで純朴な若者に戻った。

しかし、茶々丸が去ったあと、意外にも政知は、徳子の強い勧めにもかかわらず、潤丸を後嗣にするとは明言していない。

重臣らの諫言《かんげん》もあったのだろうが、それよりも、政知を動揺させたのは、実の父子の情であろう。不肖ときめつけた子でも、手許《てもと》から去ってしまうと、さすがに不憫と思ったのに違いなかった。

（いっそのこと……）

と播磨守は、思うことがある。有名無実の堀越公方家など、潤丸さまがお嗣《つ》ぎあそばし、茶々丸さまには、わが養子となっていただこう。

だが、そのたびに、すぐに思い直す。

（畏《おそ》れ多いことだ）

いかに傅人とは申せ、かりにも将軍家の血筋を、田舎の小さな地頭職にすぎぬ関戸家へ養子に迎えるなど、分を弁《わきま》えぬこと。

それに、茶々丸その人が、

「予こそ堀越公方家の嫡流である」

との自負を、強く抱いている。

となれば、傅人たる播磨守の使命は、なんとしても茶々丸に、政知の後を嗣がせてやることであろう。

しかし、堀越御所に徳子が存在する限り、茶々丸が継嗣となることは難しい。

播磨守は、徳子と潤丸を京へ追放できれば、それがいちばんよいと思っており、そのための方策をあれこれと考えてはいるのだが、いまだによい知恵が浮かばぬ。

卑怯《ひきょう》な手を使わず、また、なろうことなら人死《ひとじに》も出さぬ、と心に決めているからであった。

このあたり、播磨守は、田舎武士というほかない。

そんな実直、清廉ばかりで生き抜くことが、いかに困難な世の中であるか、ほどなく播磨守は思い知らされることになる。

「むっ……」

弓弦《ゆんづる》を、ぎりぎりと満月に引き絞った茶々丸の唇から、低い気合声が洩《も》れた。

すすきの原から、黒い迅影《はやかげ》となって、猪が跳び出してくる。

川原へ着地した瞬間、正面に狩人が待っていたことに驚いたか、猪は、四肢を踏ん張って急激に動きを止めた。

猪は、前方へのみ驀進《ばくしん》する獣と思われがちだが、実際にはそうではない。急停止が巧みで、そこから急角度に、どちらへでも素早く跳ぶことができる。

おのれを矢の標的と自覚した一瞬、猪は、川原の石ころを蹴りあげて、右へ跳躍した。が、足場が悪すぎて、滑った。

茶々丸は、まだ矢を射放《いはな》たぬ。沈着そのものであった。

どうっと、いったん横倒しになった猪が、四肢をもつれさせながら、起き上がる。それまでに比べて、ずんと動きが遅い。

ひょう。

茶々丸は、射放った。

寸分の狂いもなく時機《しお》を捉えていた。

猪の左眼へ、矢は深々と突き刺さった。

再び、猪がもんどりうつ。

「お見事」

小姓衆が、賛嘆の声を発する。

「うおおおっ」

とつぜん、茶々丸は、天に向かって雄叫《おたけ》びをあげるや、猪めがけて、奔《はし》った。

播磨守が、あっと驚声を放ったときには、茶々丸は、佩刀《はいとう》をすっぱ抜き、膂力《りょりょく》にまかせて、獲物の首を斬り落としてしまったではないか。

貴人のやる所業ではない。

夥《おびただ》しい血が、中空高く、奔騰する。

その返り血を浴びて、茶々丸は、もういちど吼《ほ》えた。

獲物を仕留めた歓喜というにしては、度を越えている。茶々丸その人が野獣と化し、野性の血に、血顫《ちぶる》いしているかのようであった。

「播磨、予の勝ちぞ。予の勝ちであるぞ」

播磨守は、膚《はだ》を粟立《あわだ》たせていた。茶々丸が猪の首を断つ瞬間、小さな呟《つぶや》きを洩らしたのを、ひとり、たしかに耳にしたからである。

呟きには、憎悪が充《み》ち充ちていた。

「死ね、徳子」

政知危篤の急報が、深根城へもたらされたのは、その夜のことである。

二

茶々丸は、わずかな供廻りを従え、韮山の堀越御所へ馬をとばしていった。

播磨守が随行しなかったのは、御所からの使者に、政知の言葉として、播磨守は参上致さずともよい、と告げられたからである。

政知がそんなことを言うはずがなかった。徳子の差しがねであるのは明白だ。

徳子は、長子出家の一件以来、播磨守をきらっている。臨終の床の政知の口から、茶々丸の将来に関する言質をとられることを、惧《おそ》れたのであろう。

それでも播磨守が、あえて御所へ参上すれば、門前で諍《いさか》いの起こることは目に見えている。そうなれば、主命に叛いたとして、後に討手《うって》を差し向けられても、文句は言えぬ。

だが、参上すべきであった。

翌朝、駆け戻ってきた茶々丸の供衆よりもたらされた第二の変報が、播磨守にそう悔やませた。

「なに。茶々丸さまが、入牢《じゅろう》させられただと」

ご乱心が、その理由だというが、政知の寝所へ入るのを許されなかった供衆には、中で何が起こったのか、まったく知らされなかったそうな。

播磨守は、昨日、猪の首を斬り落とすときに茶々丸が洩らした憎悪の言葉が、乱心の前兆だったかと不安に駆られた。

深夜、播磨守は、ひそかに、韮山城の外山豊前守を訪れた。

重臣筆頭の豊前守は、政知の臨終の場に居合わせている。

「御台《みだい》さまが、深根へ急使を遣わしたのは、御所さまご逝去のあとでござった」

「では、はじめから茶々丸さまを捕らえるつもりで……」

「さよう」

「豊前どの。何故、先にそれがしのもとへご一報下さらなんだ」

「御所さまのご寝所にて、槍を突きつけられておっては、どうにもなるまい」

吐き棄《す》てるように、豊前守は言った。

「ご乱心とは、ようも謀《はか》ってくれた」

茶々丸乱心が偽りだったことへの安堵《あんど》感が湧いてくると、徳子に対する怒りが、あらためて、ふつふつと滾《たぎ》り立ってくる播磨守であった。

「して、豊前どの。御所さまのご遺言は」

これには、豊前守は、かぶりを振る。病状がにわかに悪化して、三日間、床に就きつづけ、口もきけぬまま、政知は卒《しゅっ》したという。

それで茶々丸擁立派の巻き返しを惧れた徳子が、機先を制したのである。

むろん、豊前守や秋山蔵人らは、徳子を諌《いさ》めたが、それならば家臣一同、これからは潤丸を御所と奉り、茶々丸追放に異議なき旨の誓紙を差し出せ、と逆に強要された。

豊前守らにすれば、もともと徳子が子を産むまでは、茶々丸が嗣子であったことや、潤丸がまだ幼年であることを思えば、徳子の致し様は理不尽にすぎる。誓紙のことは、しばらく考えさせていただきたい、と返辞を濁したという。

座敷牢に閉じ込められている茶々丸の、あわれな姿を想うと、播磨守はたちまち決心がついた。

「豊前どの。それがしの辛抱は、今日より三日のうちにござる」

「どういうことかの」

「三日のうちに、茶々丸さまを、牢よりお出しいただけぬとあらば、わが手勢をもって、御所へ討ち入り奉る」

「は、播磨どの……」

豊前守は、仰天した。

「短慮はならぬ、短慮は」

「傅人の面目を立てるばかりにて、けっして短慮ではござり申さぬ」

では、これにて、と播磨守は、韮山城を辞した。

いつのまにか、徳子と播磨守の間に立たされた豊前守こそ、泣き面《つら》に蜂というべきであったろう。

伊豆武士の中でも豪勇をうたわれる播磨守が、茶々丸救出のために、徳子を攻めると宣言すれば、茶々丸派は、当然これに与《くみ》する。

むろん、潤丸派も黙ってはいまい。

伊豆は戦乱の巷《ちまた》と化す。

そうなっては、政知亡きいま、重臣筆頭の外山豊前守は、無能の誹《そし》りを免れぬ。

といって、徳子は、先に重臣らに突きつけた条件が容《い》れられぬ限り、茶々丸を解放するような女ではない。

（おお、そうじゃ……）

頭を抱えた豊前守だったが、播磨守から恫喝《どうかつ》された二日後に、この男なりの妙案を思いついた。

その妙案が、おそろしい惨劇を招くことになろうとは、豊前守は夢想だにできなかった。

三

その夜、伊豆に嵐が吹き荒れた。

堀越御所へも、風雨が叩《たた》きつけ、人々は、それぞれの部屋に引きこもって、じっとしていた。

座敷牢内の茶々丸は、建物を軋《きし》ませる自然の猛威を、気にするふうもなく、畳の上に、大の字に寝転《ねころ》がっている。

虜囚の身となってから三日、鼻下や顎《あご》に不精ひげが目立つ。

ほとんど眠っていないのか、両眼とも血走っていて、まさしく乱心者の如《ごと》く見える。

格子の外に、牢番はひとりきりだが、徳子の息のかかった屈強の者であった。

牢番の控える部屋の杉戸が、ほとほとと叩かれたが、茶々丸は気にもとめぬ。

「豊前守さまよりの差し入れにござる」

入ってきた武士は、酒肴《しゅこう》をのせた膳をもってきたのである。

「この嵐にては、茶々丸さまも眠りを妨げられましょうゆえ、御酒を召されるがよろしかろうと」

そういう口上を陳《の》べて、使いの武士は退《さ》がっていった。

べつだん不審のこともないので、牢番は、受け取った膳を、格子の差し入れ口より、牢内へ押しやる。

茶々丸は、寝転がったまま、しばし、興味もなさそうに、膳を眺めていた。

その眼が、ふいに、強い光を帯びる。

やおら起き直った茶々丸は、膳を引き寄せ、提子《ひさげ》から盃《さかずき》へ、酒を注《つ》ぎ入れ、ひと息に呷《あお》ると、満足を口にした。

「豊前め、旨《うま》い酒をくれおった」

牢番の眼に、物欲しそうな色が過《よぎ》る。

「そのほうもどうだ。ひとりで飲んでもつまらぬ」

と茶々丸は、牢番を誘った。

「畏れ多いことにござりまする」

牢番は、むろん、固辞する。

「何が畏れ多いものか。いまの予は、見てのとおり、罪人じゃ。かまえて、遠慮は無用」

格子の隙間から、茶々丸は、盃をもった右腕を突き出した。

「では、ひと口だけ、頂戴仕《つかまつ》りまする」

ようやく、牢番は、おずおずと膝でにじり寄ってきて、恭《うやうや》しい態度で盃をとった。

茶々丸は、いったん引っ込めた右手に、提子をもち、再び格子の隙間から突き出して、牢番の盃に注いでやる。

「御免」

と断ってから、牢番は、両手に捧げもった盃を、唇につけ、ゆっくり呷っていく。

茶々丸の眼前に、牢番の反りかえる喉首《のどくび》がさらされた。

武芸習練ばかりはおろそかにしなかった茶々丸の動きは、迅《はや》かった。

伸ばした左手で、牢番の喉首を鷲摑《わしづか》みにするなり、力まかせに、手前へ引き寄せた。

急激に咽喉《のど》を塞《ふさ》がれた牢番は、盃をとりおとし、口から酒を吹きこぼした。顔面を、格子にぶち当てられる。

茶々丸の右手に、小刀《ちいさがたな》が光った。膳の裏側に、貼りとめられてあったのである。

「末期《まつご》の酒じゃ」

憎悪を込めた一言を吐きかけるなり、茶々丸は、小刀を、牢番の頸部《けいぶ》へ、思い切り突き立てた。

絶命させた牢番の腰から、鍵を奪い、ついに茶々丸は、破牢に成功する。

これこそ、外山豊前守の妙案であった。

茶々丸が勝手に牢を破って逃げたというのであれば、播磨守の望みは達せられたことになるし、また、豊前守が徳子に責められるおそれもない。

しかし、豊前守の予期しなかった惨劇が起こるのは、これからである。

茶々丸は、御所から逃げ出すどころか、脇目も振らずに、母屋《おもや》をめざした。牢番から奪った刀をひっさげて。

嵐が、茶々丸に幸いした。

御所内の誰も自室を出ようとはせぬし、たいていの物音は風雨によるものと聞き流された。

勝手知ったる館である。茶々丸が、まったく見咎《みとが》められることなく、徳子と潤丸の寝所へ達するのに、さして時を要さなかった。

さすがに、寝所付きの宿直《とのい》の者二名には発見されたが、茶々丸は、いずれも一刀の下に血煙をあげさせてしまう。

「円満院どの」

血刀をさげて、寝所へ入った茶々丸は、継母徳子へ呼びかけた。ぞっとするような、冷たい声である。

政知の没したその日に髪をおろした徳子は、出家名を円満院という。

さすがに、ただならぬ気配を察したのか、徳子は、夜具をはねのけるようにして、半身を起こした。

かたわらには、潤丸が、何も知らずに、すやすやと寝入っている。

「そ、そなたは……」

京都でも美貌をうたわれた女人《にょにん》だけに、闖入者《ちんにゅうしゃ》を茶々丸とみて、恐怖に引きつらせた顔は、凄艶《せいえん》ですらあった。

徳子は、潤丸を抱きとり、尻さがりに、さがりながら、

「誰《たれ》かある。誰かある」

必死で人を呼びつづけた。

「継母上《ははうえ》、何を怖がっておられる。子の茶々丸が、ここにいるではござらぬか」

なぶるように言った茶々丸の形相というものは、悪鬼さながらであった。

茶々丸は、一瞬のためらいもおぼえず、母子を串刺しに貫いた。

その夜、嵐の咆哮《ほうこう》の中に、野獣の雄叫びを聞き分けた者は、少なくなかったという。

四

（なんということだ……）

いかに、怨み深き継母とはいえ、斬り棄ててしまうとは。さらには、幼い弟までも。

これこそ、まさに乱心ではないか。

昨夜の嵐が嘘のような晴天の下、堀越御所へ急行する播磨守は、馬に激しく鞭をいれながら、暗澹《あんたん》たる思いを隠しきれずにいる。

（うそであってくれ）

茶々丸自身に会って問い質《ただ》すまでは信じない、と自分に言いきかせてはみるものの、それは虚《むな》しい希望というものであった。茶々丸にとって、徳子と潤丸が、すすきの原で仕留めた猪ていどの生き物でしかなかったことを、播磨守こそ、誰よりもよく知っているのだから。

急使の報告では、茶々丸は、みずから手にかけた継母と弟の死体のころがる、強烈な血臭のこもる部屋で、夜明けまで、高いびきをかいて眠っていたという。

御所内が騒然とするや、茶々丸は、ようやく目覚めて、その足で広間へ入り、御所周辺に住むおもだった家人《けにん》らへ招集をかけさせ、押っ取り刀で参上したかれらの前で、政知の正式の相続者たるを宣言した。

「今日ただいまより、この足利茶々丸が公方である」

多量に浴びて乾いた返り血を、顔や着衣のいたるところへ、膠《にかわ》のようにこびりつかせたままであった。

その凄惨きわまる立ち姿で、

「異存ある者は、いますぐ申し出い」

と睥睨《へいげい》された一同は、誰もが気をのまれ、しばし粛として声もなかったが、やがて、列座中からあがった一声は、茶々丸を公方家の当主と認めるものであった。

「祝着《しゅうちゃく》に存じ上げ奉る」

全員が、これに和したのは、もはや後継者が茶々丸ひとりしかいないからであった。認知しなければ、公方家は滅亡する。

下田から馬をとばしてきた播磨守が、堀越御所へ到着すると、下へもおかぬ扱いで、茶々丸の居室へ案内された。いまや播磨守は、公方の傅人となったのである。

「播磨、ついにやったぞ」

播磨守が部屋へ入るなり、待ちかねていたのだろう、茶々丸は、座を立って跳びついてきた。

「予は公方になった、とうとう公方になった。そちも嬉しかろう、鼻が高いであろう」

異様なまでのはしゃぎぶりに、播磨守は、愕然《がくぜん》とした。昨夜、無慈悲に女と幼子を惨殺したばかりの鬼面が、茶々丸の一見、無邪気そうな笑顔の裏に見え隠れするのを、傅人の眼が見逃さなかったからである。

（わしは、もしやして、取り返しのつかぬ間違いを犯してしまったのか……）

茶々丸の育て方を、であった。

「まずは、御身恙《つつが》なきご容子《ようす》と拝察仕り、播磨も安堵致しました」

播磨守は、茶々丸の抱擁から身を避けて、その場にあぐらをかくと、そう挨拶した。公方就任宣言のことには、触れぬ。

が、茶々丸は、播磨守から祝詞が陳べられずとも気にするふうもなく、上機嫌のまま上段の間へ戻って、微笑を絶やさず、一同を見渡した。

外山豊前守、秋山蔵人ら、数名の重臣が、播磨守より先に座に就いている。

「皆に申し渡す。本日より、関戸播磨守吉信を、政所《まんどころ》執事に任ずる」

重臣連の顔色が変わった。事前の諮問《しもん》もなく、いま、にわかに言いだされたことであるのは、疑いようがない。

「政所執事……」

当の播磨守ひとり、すぐには意味を解しかね、おうむ返しに呟いていた。

「京の将軍家に伊勢家があるように、関東公方家では、関戸家がこれをつとめる」

「…………」

ようやく播磨守は、おのが耳を疑った。

たしかに、京の足利将軍家では、伊勢家は将軍世子《せいし》の傅役《もりやく》と、政所執事を兼ねる。政所執事というのは、本来は、幕府政務機関のひとつだが、実際には、足利将軍家の家宰といってよく、その主たる役目は、将軍家の財産管理と運営にあった。

堀越公方家の財産といえば、九年前の古河公方成氏と幕府の和睦以来、同家の御料所と定められた伊豆一国ということになる。

この国の土地の物なりがよいことは、伊豆の土豪たる播磨守自身が、よく知っており、そのすべての管理運営は、大役に違いなかった。

だが、播磨守は、おのれの栄達を望んで、茶々丸を傅育《ふいく》してきたのではない。

それ以前に、こんな陰惨なやりかたで当主におさまった茶々丸を、傅人として、素直にそれと崇《あが》め奉る気にはなれなかった。

「おそれながら……」

諫言を吐くべきだと思いきめた播磨守だったが、ふいに全身へ刺すような視線を感じて、声を呑んだ。重臣たちの非難の眼であることに、すぐに気づいた。

徳子と潤丸殺しも含めて、すべては播磨守が茶々丸を唆《そそのか》してやらせたこと。そうして、播磨守は、堀越公方家を思いのままにするつもりなのだ。

かれらの視線が、その疑いから放たれたものであることを、播磨守は察した。いや、疑いどころか、すでにそうきめつけてしまったらしい。

(ご一同、過《あやま》たれるな)

播磨守は、叫びたかったが、無駄だと分かっていた。

公方家の執事という重職に任じられたのだから、非難も誤解も致し方ないではないか。

(やむをえぬ)

このうえは、茶々丸を守《も》り立てて、堀越公方家が真実、関東で重きをなすよう、ひたすら奮励あるのみ、と播磨守は決意せざるをえなかった。

たとえ、奮励するに甲斐《かい》なき主君であってもである。

(茶々丸さまを悪《あ》しうお育て申し上げたわしが、すべての責めを負わねばなるまい)

播磨守は、執事任命への礼を陳べるべく、上段の間にある人の名をよんだ。

「茶々丸さま……」

だが、それを遮った茶々丸の一言は、すでに天下を呑んだような気分を、露骨に表現するものであった。

「播磨。御所さまとよべ」

五

「顕定《あきさだ》も定正《さだまさ》も、何故、祝賀に参上せぬ」

茶々丸は、酒盃を、床へ叩きつけた。双のこめかみに、青筋を浮き出させている。

恐れをなした能役者らは踊りをやめ、楽士らも音曲をとめて、庭に臨時に設けられた舞台上に平伏した。

広間に列座の家来衆も、女たちも皆、一様に凍りついたのも無理はない。

怒り心頭に発したときの茶々丸の残虐さは、徳子と潤丸殺しで実証済みなのである。

家督相続の賀宴の最中であった。

茶々丸の挙げた名は、上杉顕定と上杉定正をさす。

足利尊氏の子の基氏《もとうじ》に始まる関東公方を輔佐する関東管領《かんれい》家として栄えた上杉氏は、早くから分裂して内訌《ないこう》を繰り返したが、やがて宗家の山内《やまのうち》上杉と、扇谷《おうぎがやつ》上杉両氏のみが残り、それぞれに与《くみ》する関東の豪族を巻き込んで、この当時も対立していた。顕定は山内の、定正は扇谷の、それぞれ当主である。

すでに古河公方も、堀越公方も、いささかでも利用価値を認めるのが難しいほど、権威は失墜している。両上杉氏にとって、参賀の命令は、迷惑だったはずだ。ただ、両氏とも、互いの牽制の意味もあって、祝いの品々をもたせて、使者を寄越している。

「御所さま」

外山豊前守が、列座の両上杉の使者を気にして、茶々丸へ渋面を向けた。

「すでに言上《ごんじょう》仕りましたように、両上杉殿は武蔵国にて対陣中にござりますれば、本日の祝宴に参ずることはかないませぬ」

「豊前。上杉どもが、公方たる予の命令に服さぬは、謀叛《むほん》ぞ」

両上杉の使者たちの表情が、さすがに動いた。謀叛とは、あまりの悪口《あっこう》である。

たまりかねたように、こんどは秋山蔵人が面《おもて》を犯した。

「いかに御所さまでも、ご使者に無礼ではござりませぬか」

蔵人は、両上杉の機嫌を損《そこ》ねては、堀越公方家の将来に、いま以上に暗い翳《かげ》がさすと憂えたのである。顫《ふる》え声だったが、重臣として、とうぜんの諫言であろう。

「蔵人。おのれは……」

蔵人を睨《にら》み据える茶々丸の拳《こぶし》が、ぶるぶる顫えだしたのを、側《そば》近くに座を占める播磨守は見た。

(放っておけば、蔵人どのをお手討ちあそばすに違いない)

とつぜん、播磨守は、膳を蹴って立ち上がるなり、蔵人の前まで走り寄る。

「蔵人。汝《うぬ》は、どなたより扶持《ふち》を頂戴いたしておるか」

怒鳴りつけざま、胸を蹴った。

蔵人は、ひっくり返り、そのまま板床を滑って、壁に頭を激突させ、昏倒《こんとう》した。

「目障りだ。叩き出せ」

と播磨守は、侍臣らへ命じるなり、豊前守を振り返る。

「そこもとも、退出されるがよろしかろう」

一瞬、豊前守は、凄い眼で播磨守を睨み返したが、茶々丸のねばりつくような視線を感じて、はっとし、一礼してから、そそくさと出ていった。

(赦《ゆる》されよ、豊前どの、蔵人どの)

心中で、播磨守は、掌を合わせる。

座は白けきった。

が、ふいに、頓狂な声を出して、立ち上がった者がいる。

「ああ、めでたやな、めでたやな」

福禄寿を思わせる長い顔の巨漢であった。

裾をからげて尻を剝《む》き出し、おぼつかない足取りで、踊り出す。

酔いのせいか、わざとにか、その動きは滑稽で、女たちがまずふき出した。

すると、巨漢は、調子にのって、より大げさに手足を舞わせる。

意外にも流れるような動きではないか。

「見事よなあ……」

誰かが、笑みを含んだ声で賛嘆するや、ついに、どっと明るい笑いが起こった。

しぜんと、楽士たちも、巨漢の動きに合わせて、演奏を再開する。

「何者じゃ、あれは……」

茶々丸も、毒気を抜かれたような顔つきになり、小姓に訊《き》いていた。

「北条の賀使にござりまする」

この堀越御所からわずか三、四丁しか離れておらぬところに、鎌倉幕府最後の執権で、足利尊氏の正室登子《とうし》の兄でもあった北条守時の子孫が住む館がある。この家は、その昔、鶴岡八幡宮の池に架けられた赤橋の近くに邸宅を構えていたので、赤橋氏を称したともいう。

むろん、いまは何の力もなく、良人《おっと》を亡くした女主人が、わずかばかりの所領と、名家の名を守って、細々と暮らしているにすぎぬ。

その賀使が、堀越公方家の家督相続の宴席に列《つら》なることを許されたのは、もとより北条の名ゆえであった。

北条の賀使は、なおも踊りつづけて、座を盛り上げつづける。

播磨守は、しかし、踊る巨漢の眼の中に、なんとなく油断のならぬ気色《けしき》が過ったような気がした。

（いや、いかぬ。このわしが、何でも裏がありそうだと勘繰るようでは、とてものこと、茶々丸さまの歪《ゆが》んだお心を、真っ直ぐに戻すことなどできぬ……）

播磨守は、ひとつ大きく嘆息してから、座へ直った。

六

祝宴から半月ばかり経《た》ったころ、播磨守は、領地のある下田へ戻らねばならなかった。海賊が出没して沿岸を荒らす事件が、相次いだためである。

夜討ち朝駆けで、こっそりと金品や産物を掠《かす》めとり、領民に発見されるやいなや、戦わずに風をくらって遁《に》げるので、鮮やかといえば鮮やかな海賊だという。

それで手を焼いた関戸家の家来衆が、播磨守自身に出張《でば》ってもらったのである。

しかし、播磨守が近侍していないと、苛々《いらいら》と落ち着かなくなって、振る舞いが粗暴になるのが、茶々丸の常であった。

茶々丸は、にわかに重臣を招集し、兵を集めよと言いだした。公方として、みずから出陣し、関東の争乱を鎮定するというのである。

重臣らは、あきれた。

すでに関東では、公方を上に戴いて戦う時代は完全に終わり、次いで始まった管領を旗頭とするいくさも、両上杉氏の衰退により、その大義は色あせてしまった。

いまでは、各地の守護代、あるいは、それより身分の下がる実力者たちが、おのが領土欲を剥き出しにして戦う時代に突入している。いわゆる、下剋上《げこくじょう》の世であった。

その成立時から権威薄き堀越公方が、いまさら争乱鎮定に乗り出したところで、誰がその令に服するというのか。それ以前に、堀越公方の名の下に、兵を集めることさえ至難である。

「おそれながら、御所さま」

いつものように、外山豊前守が進み出る。

「伊豆の兵は、連年、上杉顕定殿に従って関東に転戦いたし、疲弊しきっており申す」

これは事実であった。

伊豆は、古河公方と幕府の和睦以来、堀越公方の御料所ということになっているが、現実には、長くこの国を分国としてきた管領家の支配力のほうが強く、兵は上杉の下《げ》知《ち》で動く。

「むろん、御所さまのお下知とあらば、皆々、ただちに馳せ参じましょうが、勇猛をあらわすばかりが、将たる者のつとめではござらぬ。ときにお慈悲をお示しになられてこそ、いざという場に、兵は将のため、身命を惜しまず働くもの。いまは、撫育《ぶいく》のときと思《おぼ》し召されよ」

播磨守の居合わせぬのが、勢いを与えているのだろうか、豊前守の口調は、いつになくきつい。

茶々丸の面が、怒りでひきつる。

「亡き父政知は、関東の争乱をおさめるべく下ってまいられたのだ。その子たる予が、遺志を継ぐのは当然であろう」

「なればこそ、兵馬を休ませたうえ、時機をみてと申し上げておりまする」

「では、いつじゃ。いつ、予は出陣できる」

「まず五、六年がうちは、ご無理に相違なし」

と冷やかに言ったのは、秋山蔵人であった。

「なにい」

茶々丸は、憤怒がすぎるあまり、一瞬、絶句してしまう。

「いずこの国でも同様にござるが、伊豆の民もまた、うちつづくいくさに駆り出され、田畑を耕す暇とてござらぬ。民が田畑を離れれば、物は成り申さぬ。物が成らなければ、徴税は難しく、ひいては軍費もままならぬことに相なり申す」

「伊豆は豊かな国じゃと、播磨守が言うておったわ」

「地味が豊かでも、それを利する民をいくさで死なせては、宝の持ち腐れと申すものにござりましょう」

蔵人も、豊前守と結託した上であるかのように、一歩も退く気色をみせなかった。

両人の声音は、家督相続の祝宴のときのように、顫えておらず、ずっしりと腹に響くようであり、播磨守不在ゆえの虚勢とも思われぬ。何かしら大きな自信を、この二人はもっているようであった。

ともあれ、政知の初政以来の旧《ふ》りた重臣たちの、現実認識の上に立った諫言には、さすがに若い茶々丸をたじろがせる迫力が、充分にあったというべきであろう。ほかの重臣も、ほとんどの者が、満足気に頷いたことで、それは察せられた。

茶々丸は、座を蹴って、奥へ引っ込んだ。

ところが、重臣らが、それぞれの館へ引き揚げるべく、帰り支度にかかると、茶々丸は、みずから玄関へ出てきて、豊前守と蔵人に謝った。

「予の思慮が足らなんだ。ゆるせ」

そのまま泣きくずれた茶々丸は、自分が父と継母に疎んじられ、どれほど心根を歪めてしまったかを、縷々《るる》、告白した。

孫のような年齢の主君から、そんなことを言われては、豊前守も蔵人も、心を動かさざるをえない。

ましていまの茶々丸の乱暴や無思慮も、播磨守のせいだと思っている両人である。

（あわれな……）

と、もらい泣きさえした。

「これからは、君臣相和してまいろうぞ」

茶々丸は、そう言って、両人を留《とど》め、仲直りの酒宴を張った。

和気藹々《わきあいあい》の酒宴は、深更《しんこう》まで及んだ。

雲が厚く、月の見えぬ夜であった。

外山豊前守と秋山蔵人は、御所から、それぞれの自邸への帰途、供衆もろとも、闇討ちに遇《あ》って落命した。

豊前守と蔵人、いずれも、身に数十カ所の刀槍創《きず》を負った、惨《むご》たらしい殺され方であったという。

七

豊前守、蔵人両名を暗殺したのは、証拠はなくとも、茶々丸の取り巻きの過激な若侍らに相違なかった。むろん、茶々丸が命令を下したのである。

だが、茶々丸は、両名殺害を、山賊か浮牢人の仕業《しわざ》と公言して憚《はばか》らなかった。

外山、秋山派の者たちは、播磨守が茶々丸を唆したのだときめつけ、事件の翌日、知らせを受けて、下田から馳せ戻ってきた播磨守を、修善寺あたりで襲撃した。

それでも無事に御所へ到着した播磨守は、茶々丸が重臣らを集めたところから、豊前守・蔵人両名の死体が発見されるまでのあらましを聞いて、

（わしが居れば、かように無惨なことを起こさせなんだものを……）

と深根へ帰城していたことを悔やんだ。

茶々丸は、播磨守の顔を見るなり、

「ゆるせ」

と、さも気弱そうに謝った。

「傅人のつとめにござる。御免」

播磨守は、はじめて、茶々丸を殴った。

たちまち憤怒の形相を露《あらわ》にした茶々丸だったが、播磨守の眼が濡れているのを見て、訝《いぶか》しげに小首を傾《かし》げ、次いで幼児のように唇を尖《とが》らせ、そのまま不機嫌そうに、

「そんなに怒ることか……」

そう呟きながら、奥へ入ってしまう。

（やんぬるかな）

これが播磨守の正直な気持ちであった。

だが、いまさら、茶々丸の悪辣《あくらつ》な致し様を責めたところで、どうなるものでもない。

それよりも、豊前守と蔵人が、会議の席上、なぜ殊更《ことさら》に茶々丸の無思慮をあげつらって恥をかかせるような真似をしたのか、その点が解せなかった。

（年の功というものがあろう）

気短な茶々丸を怒らせぬよう、もっと巧《うま》い言い方もできたはずではないか。

あるいは両名は、すでに完全に茶々丸を見限っていたのやもしれぬ。

しかし、見限って、どうしようというのであろう。両名は、公方家の寄人《よりうど》ではないか。

（よもや、ほかに頼《たの》うだる人でも見つけたのか……）

頼うだる人というのは、文字通り、頼みとする人、つまり保護者である。わかりやすく言えば、別の仕官口ということだ。

（いや。いまは、そんなことに思いをめぐらせておる余裕はない）

堀越公方家の紊乱《びんらん》を正すことが、先決であろう。

だが、その後、いかに播磨守が孤軍奮闘してみても、堀越公方家の家臣団を、分裂から救うことはできなかった。

家中は、乱れに乱れる。

茶々丸は、ますます荒れて、遠駆けなどへ出ると、理由もなく領民を斬った。狩りの獲物にして、追いかけまわした挙げ句、殺すこともあった。

五公五民だった税を七公三民にせよとか、流行《はや》り病に罹《かか》った村を病人もろとも焼き払えとか、むちゃな命令を次々と下した。

伊豆国中の領民が、御所を悪《にく》んだ。

そして、茶々丸の最期《さいご》の日は、とつぜんやってくる。

その前日の払暁、堀越御所襲撃軍五百名は、清水浦に集結、大船十艘に分乗し、海路ひそかに、駿河湾を東南へ横切り、午《ひる》ごろ、西伊豆の松崎、仁科、田子《たご》、安良里《あらり》の湊《みなと》へ着岸した。

湊の人々は、武装海賊と勘違いし、家財を引っ担いで、山奥へと逃げこんだ。

御所襲撃軍は、数隊に分かれ、それぞれ陸路、黙々と韮山をめざした。

かれらを眼にして驚く者はいても、その進軍を阻止しようとする者はいない。

伊豆の豪族たちの大半が、管領上杉顕定の命令で、関東の戦線へ出払っていたからである。

同日、播磨守は、深根へ帰城している。しばらく鳴りをひそめていた海賊が、また下田の領地の沿岸を荒らしはじめたとの報告を受けたからであった。

しかし、こんどは、家来どもへ、細部にわたる下知を与えて、翌朝に御所へとって返すつもりでいた。

茶々丸最期の日の早朝、播磨守が御所へ戻るべく深根城を発《た》とうとしていたところへ、海賊上陸の急報が入る。

御所のことが気になったが、海賊を目前にして棄ててもおけず、播磨守はその追討のため出陣した。

韮山の堀越御所の警固は、信じられぬほど手薄であった。戦闘能力のある者は、百人足らずであったろう。

「て、敵襲にござりまする」

門番が、蒼白になって駆けこんできても、御所の人々の反応は、ひどく鈍かった。

「陽気にあてられたか」

と笑う者すらあった。

この日は、小春日和《びより》であったそうな。

茶々丸は、庭の弓場で稽古中であった。

「何のさわぎか。誰ぞ、みてまいれ」

と侍臣に命じたときには、襲撃軍の先鋒がすでに御所内へ乱入した後である。

勝敗の帰趨《きすう》は、戦う前から明瞭だったというほかない。

「あれにおわすが、茶々丸さまである」

大勢の軍兵を引き連れて、真先に弓場へ跳び込んできた男が、茶々丸を指さした。

この男だけ、甲冑《かっちゅう》を着けておらず、身軽な装《なり》である。

その巨体と、福禄寿のような顔に、茶々丸は見覚えがあった。

（北条の家人ではないか……）

家督相続の宴席に、北条家からの賀使として参加し、滑稽な踊りで座を盛り上げた人物である。

巨漢は、にっと笑ってから、退いて、軍兵に道を譲った。

この巨漢、通り名を風魔小太郎という。相州乱破《らっぱ》である。

「謀叛人ども、いずれの兵じゃ」

茶々丸は、敵軍の将らしき武者へ、弓矢の鏃《やじり》を向けて怒鳴った。

「駿河興国寺城主、伊勢宗瑞《そうずい》が手の者にござる」

「伊勢、そうずい……。新九郎とかいう、今川の縁者か」

「いかにも」

「今川は、足利一門ぞ。なぜ、予を襲う」

「末期に愚問とは、情けないことにございまするな、茶々丸さま」

「無礼者。御所さまとよべ」

さすがに茶々丸は、武芸に満腔《まんこう》の自信をもっているせいか、この場を斬り抜けるのに成功し、数名の近臣とともに、御所の西南に盛り上がる守山へ逃れた。

襲撃軍総大将の伊勢宗瑞、後世に北条早雲とよばれる男は、このとき、御所に程近い北条館を本陣としていた。宗瑞は、いつの頃からか、北条の未亡人を側妾としていたのである。

茶々丸逃走の報を受けるや、宗瑞は、みずから腰をあげて、守山へ向かった。

驚いたことに、この用意周到な男は、西伊豆へ上陸させた五百名より数日早く、ひそかに別働隊を率いて、北条館へ先着していた。別働隊の兵にしても、何日もかけて、三々五々、韮山へ送り込んだので、それと気づかれなかったのである。

茶々丸の逃げ込んだ先は、守山南麓の願成就院《がんじょうじゅいん》であった。

これを宗瑞が、別働隊をもって取り巻いたときには、堀越御所は、濛々《もうもう》たる黒煙を噴きあげて炎上していた。

茶々丸は、切腹して果てる前に、みずから前髪を切って、こう洩らしたという。

「播磨。もはや傅人は要らぬ」

その夜、茶々丸の死を知らされた播磨守は、下田沿岸の海賊出没は、勇将播磨守を御所から遠ざけるための、伊勢宗瑞の計略だったと、ようやくにして悟った。

豊前守と蔵人が、死の直前、強気に茶々丸を諫めることができたのも、あのころすでに宗瑞へ款《よしみ》を通じていたからに相違あるまい。

ただちに深根城へ籠《こ》もった播磨守は、下田へ進軍してきて投降をすすめる宗瑞へ、決戦の意思を示した。

「傅人の意地にて御座候」

関戸播磨守吉信とその一族郎党、ひとり残らず、城を枕に討死した。

妄執《もうしゅう》の人

一

「出《いで》よ、大和守」

尾張清洲城の大手門を正面に望む道の途中で、戛々《かつかつ》と馬を輪乗りしながら、鞍上《あんじょう》の甲冑武者は大音声《だいおんじょう》に呼ばわった。

そのきびきびした身ごなしは、六十八歳の老軀のものとは、到底思われぬ。

美濃守護代斎藤妙椿《みょうちん》である。

応仁の乱では、足利義視《よしみ》を奉じて西軍に属した主君土岐成頼《しげより》の不在中、美濃国内をよく鎮めて、京都への連絡路を確保し、さらには越前・近江・伊勢など近隣諸国へ出兵して、東軍派を撃破するなど、その実力を遺憾なく発揮したことで、

「神謀武略に於《お》いて韓信白起《かんしんはくき》に譲らず」

とまで評され、知将の名をほしいままにした。韓信は、漢の高祖時代、背水の陣で知られる用兵の天才で、白起もまた戦国時代の名兵法家である。

その妙椿に率いられた美濃勢は、木曾川を越えるや、迎撃する尾張勢を次々と撃破し、またたくまに守護所の清洲城へ迫って、これを包囲した。

冬空の下、兵強悍《きょうかん》の美濃勢は、風に無数の旌旗《せいき》を翻し、陽に槍の穂先をきらめかせて、総大将妙椿の攻城開始の下知を、いまやおそしと待つばかりであった。

ほどなく、大手門が内側から八の字に開かれ、やはり馬上の武者が姿を現す。

「久しや、妙椿」

剛毛のひげ面《づら》の中から、炯々《けいけい》たる眼光を射放ってきたその男は、尾張下四郡守護代織田大和守敏定である。

美濃で斎藤氏の力が土岐氏のそれを上回っているように、尾張では織田一族が守護斯波《しば》氏を凌《しの》ぐ実力者であった。中でも敏定は、名実ともに織田の総領となって尾張一国を手中におさめんとする野心を隠さず、斯波義廉《よしかど》を擁した上四郡守護代織田伊勢守敏広を下津《おりつ》城に攻めて、これを敗走させた。

むろん、敏定と敏広の戦いは、応仁の乱勃発の一因をつくった斯波氏の家督争いを抜きには語れないが、要するに、逐《お》われた敏広が、舅《しゅうと》の妙椿に支援を求めたので、美濃勢出陣となった次第である。

「大和守。猛将とうたわれるおぬしが、籠城《ろうじょう》など気ぶっせいであろう。濃尾の野は広い。野戦で結着いたそうではないか」

妙椿が、馬をすすめて喚《おら》んだ路上は、大手門前の橋まで二十間足らずのところである。城塁の犬走《いぬばしり》から矢を射られれば中《あた》る距離だ。

だが、名将妙椿の堂々たる佇《たたず》まいは、城兵にその卑怯な振る舞いをさせぬ威圧感に盈《み》ちている。

「笑止なり、妙椿。年をとりすぎて、冬の城攻めをいたすまでの力がないと、われから明かしたようなものぞ」

と、敏定が嗤《わら》ったが、妙椿は自若としたものだ。

「なんの、尾張は温《ぬく》いでのう。物見遊山とかわらぬ」

「大言を吐いたな。ならば、寒空の下で越年いたせ。元日には城中より祝宴の音曲を聞かせて遣わす」

「無用じゃ、大和守。越年はいたさぬ」

年内に片をつけるという、妙椿の宣言であった。

「矢合《やあわせ》ぞ、妙椿」

叫ぶなり、敏定は侍臣から、弓と鏑矢《かぶらや》を執って、瞬時に引き絞り、天へ向けて射放った。開戦合図の嚆矢《こうし》である。

鏃《やじり》の下に取り付けられた鏑が、中の空洞に風を通して、ひゅるひゅると哮《たけ》る。

矢は、妙椿の頭上を越えて、犇《ひし》めく軍兵の中へ飛び込み、地へ突き立った。

「当方の矢合は、初陣《ういじん》の若武者が仕《つかまつ》る」

その言葉を待ちかねていたのであろう、平頸《ひらくび》の高峻な連銭葦毛《れんせんあしげ》の馬に跨《またが》り、獅嚙長《しかみなが》鍬形《くわがた》の兜《かぶと》に赤糸威肩白《あかいとおどしかたじろ》の鎧《よろい》を着けた、紅顔の美少年が前へ出てくる。

敏定は、笑いだした。

「童《わ》っぱではないか。まだ襁褓《むつき》をつけておろうに、弓を引けるかよ」

城兵たちも、どっと哄笑《こうしょう》する。

たしかに、少年の稚《おさな》さの残る顔や、細身の体軀は、見るだに頼りなさそうだ。年頃十二、三歳であろう。

「よくぞ申した、大和守」

少年が甲高《かんだか》い大音を発した。意外にも落ちついている。

「弓を引けぬと侮るのであれば、そこを動くな。必中させてくれる」

「おもしろい。一歩たりとも動かぬわ。見事、わが身にあててみよ」

「武士の一言、違《たが》えるな」

少年武者は、弓に鏑矢をつがえ、ゆっくり打起《うちお》こしていく。

その動きに合わせて、妙椿が高らかに告げた。

「これなる御方は、濃州大樹《のうしゅうたいじゅ》足利義視公がご嫡男、足利義材《よしき》さまにあらせられる」

敏定はじめ、城兵ことごとく息を呑んだ。

応仁の乱では、甥の足利義尚《よしひさ》と将軍の座を争い、当初は東軍に、後には西軍に擁立され、ついには官爵剝奪、所領没収を強《し》いられて、孤独の身を美濃の土岐成頼に預けた悲運の人が、足利義視である。その嫡男といえば、一介の地方武士にすぎぬ敏定とは比ぶべくもない貴種ではないか。

「和子《わこ》。おんみずから請われたご初陣。足利義材のご武名を、満天下へ轟《とどろ》かせ給《たま》うか、地へ堕《お》としてしまわれるか、切所《せっしょ》にござる」

という妙椿の叱咤を耳にしながら、義材は、歯を食いしばり、弦《つる》を満月に引き絞った。細い両腕がわずかに顫《ふる》えている。

「和子。拳《こぶし》」

妙椿が、小声で、義材に注意した。

肩先から右拳が三、四寸も離れている。これは大放ちといって、姿は見た目に壮快と映るが、よほどの名手でなければ狙《ねら》いを外す。

義材は、右拳を、ほとんど肩に触れんばかりまで近寄せた。顫えはとまる。

ぶんっ。弦を鳴らした。

鏑が唸《うな》る。馬上の敏定は動かぬ。

道を越え、大手橋を越えて鏑矢は、過《あやま》たず敏定に命中、右眼へ突き刺さった。

美濃勢からは歓声が、尾張勢からは悲鳴が噴きあがる。

「みたか、大和守」

義材は、上気した面《おもて》を輝かす。美濃落ち以来、妙椿から手ほどきをうけてきた甲斐があった。

だが、義材は信じられぬ光景を見せつけられる。

右眼を矢に抉《えぐ》られながら、敏定は、わずかに身を反らせたばかりで、落馬しなかった。呻《うめ》き声ひとつたてぬではないか。

「さすがは足利将軍家のお血筋よ。天晴《あっぱ》れなる弓矢の御業前《おんわざまえ》」

と敏定は、射手を褒《ほ》めておいて、

「足利義材さまが御矢を賜るとは、わが右の眼《まなこ》は果報者。織田家末代までの栄誉と、感謝仕る」

ひと息にそこまで言い放つや、佩刀《はいとう》をすっぱ抜いた。

「皆の者、打って出よ。敏定が右眼に、勝利は見えたり」

この猛々《たけだけ》しさに、兵が奮い立たぬはずはない。尾張勢は、どっと鬨《とき》の声を挙げ、主君につづいて大手門から打って出た。

義材は、恐怖のあまり、蒼褪《あおざ》め、歯の根も合わなくなる。慌てて馬首を転じさせようとしたその手綱を、しかし、横から妙椿に押さえられた。

「離せ、妙椿。大和守は化け物じゃ」

「和子。あれこそ乱世の武人にござる。いずれ将軍職をお望みあそばすならば、いまから心しておかれよ」

妙椿は、微動だにせず、薄く笑みを浮かべてすらいる。

だが、恐慌をきたした少年が、もはや妙椿の言葉を聞く耳も、その表情を窺《うかが》う眼も持たぬのは、致し方もない。

「こんなところで死にとうない」

「妙椿ある限り、和子はご安泰。決して逃げてはなり申さぬ。踏みとどまられい」

「うるさい」

義材は、妙椿の手を鞭で払うや、敵に背を向けた。

「二の舞を舞われるか」

口惜しげに、義材へ一言浴びせた妙椿だったが、ただちに、

「義材さまを守り奉れ」

馬廻《うままわり》の者たちに命じておいて、みずからは、

「鼠が城を出てまいった。総掛かりじゃあ」

その下知を味方全軍へ轟かせ、敏定めがけて馬を駆った。

男たちの獣声が飛び交い、血臭芬々《ふんぷん》たる塵芥の濛々《もうもう》と舞い立つ戦場から、義材は、離脱していく。

そのあいだ、幾度も振り返った。手負いの野獣と化した敏定が、いまにも襲いかかってくるのではないか、と怯《おび》えたからである。

頭の中で、背へ投げつけられた妙椿の一言だけが、がんがんと鳴っていた。

（二の舞を……）

父義視の二の舞ということだ。

義視は、浄土寺門主だったのを、兄義政の再三の懇望によって還俗《げんぞく》し、将軍後嗣にいったんは定められながら、義政・富子夫妻に義尚が誕生したために、不本意ながら

も家督争いをせざるをえない立場に追い込まれた。

義政・義視は、ともに文人的性格の持ち主で、優柔不断を画《え》に描いたような兄弟だが、決定的な相違がひとつある。それは、義政は幼時より武門の棟梁《とうりょう》たるべく教育をうけてきたが、義視のほうは二十六歳にして初めて武士の世界へ放り込まれたことであった。

皮膚の感覚で武士というものを知らぬ義視が、六代将軍義教《よしのり》暗殺以後、急激に乱れてきたその世界で、安穏にやっていけるはずはないではないか。まして、いまさら弓馬の道の上達を望める年齢でもないから、武人としての威も具《そな》わらぬ。なればこそ義視は、兄の裏切りに遇《あ》い、暗殺の恐怖にうち顫え、都落ちの憂き目をみさせられ、東軍に担がれ、一転して西軍の擁立にも甘んじる、といった他者に強いられた人生を歩まねばならなかった。

そんな父とは、決して同じ道を辿《たど》りたくない。りっぱな武人となって、父の果たせなかった夢を必ず実現する。

（将軍になるのだ）

と義材は、強烈な自負心を抱いて、この一年、名将妙椿の教えをうけてきた。そして、十三歳の身を、われから望んで戦陣へ飛び込ませ、敵総大将の右眼を失わしめ、ついに父とは違うことを天下に示した。

ここで逃げては、その勲《いさおし》も、僥倖《ぎょうこう》にすぎなかったと謗《そし》られよう。

(返さねばならぬ)

どんなに怖《おそ》ろしかろうと、馬を返さねばならぬ。ようやく義材は、そう覚悟した。

「皆の者、返すぞ」

だが、おそかった。

「なりませぬ」

妙椿の命令をうけた馬廻の者どもは、巧みに馬を寄せて、義材の乗馬の鼻面を転じさせなかった。

「ええい、退《の》け。退けと申すに」

義材は、右に左に鞭をふるったが、どうにもならぬ。屈強の伴走者たちは、顔を裂かれても表情を変えず、義材を守って退くことのみに専心していた。

かれらもまた、正真の武人というべきであろう。

義材は、おのれの情けなさに、唇を噛んだ。風が、泪《なみだ》の粒を飛ばしていく。

義材の生涯は、この初陣の恥辱を雪《そそ》ぐことに費やされたといえるかもしれぬ。

(何が起ころうと二度と逃げるものか。戦って戦って戦い抜いてやる)

二

義視・義材父子《おやこ》の事実上の庇護《ひご》者だった妙椿は、斎藤家の内訌《ないこう》なども影響して、結局織田を討つことができず、七十歳で没した。天寿を全うしたというべきだが、

「無双福貴権威之者也」

と公家の日記にも記され、しばらくは、その死を惜しむ者が、美濃国内ばかりか京畿《けいき》でも後を絶たなかった。

義材にとっての痛手は、この、またとない師を喪《うしな》ったのが、十五歳という年少時だったことであろう。

父義視は、子の眼から見ても、武人としての能力も威もないのに、将軍職への未練を断ち切れぬ凡愚、煩悩《ぼんのう》の人だ。

(父から教えをうけることは何もない)

と考える義材には、妙椿だけが頼むべき人だったのである。教えてもらわねばならぬことが、まだ山ほどあった。

清洲攻めの折りの敵前逃亡のことも、済んでしまえば、妙椿は咎《とが》めなかった。それ

どころか、初陣で織田敏定の右眼を射たことを褒《ほ》めそやしては、義材こそ将軍に相応《ふさわ》しいと内外に喧伝《けんでん》してくれた。義政のあと九代将軍を襲《つ》いだ義尚とは、わずかに一歳違いの義材であるだけに、妙椿の言葉に耳を傾ける者は多かった。

しかし、妙椿が卒《しゅっ》した時点で、何もかもが了《お》わったというほかない。中央にまで雷名を轟かせた後ろ盾を失《な》くした義視・義材父子なぞ、朽ち果てた神輿《みこし》というべきで、諸侯が担いで利益《りやく》を期待できるものではなかろう。

世間から忘れられた父子は、美濃国茜部《あかなべ》の地で鬱々たる日々を送ることになる。

その間、京の将軍家では、大御所義政と妻富子の別居、義政と将軍義尚の二頭政治、義尚と富子の不仲など、骨肉の争いが絶えず、また、義尚と管領細川政元《かんれいほそかわまさもと》も不和であった。

そうした政治の頂点に立つ人々の関係がぎくしゃくしたまま、凶事は起こった。六角氏征伐のため近江国鈎《まがり》へ出陣中の義尚が、病没してしまったのである。二十五歳の若さであった。

義尚には男子がおらぬ。

「美濃へ落ちてより足掛け十三年、耐えに耐え忍んだ甲斐があった」

と義視は五十一歳のしなびた肉体へ久々に精気を蘇《よみがえ》らせ、義材を伴い、勇躍、京へ向かう。

だが、心身ともに鋭気充溢《じゅういつ》する二十四歳の義材は、父ほど単純ではない。

（易々《やすやす》とはゆくまい……）

案の定、父子は、近江大津で足止めを食らった。父子の還京に、細川政元が強硬に反対したのである。

応仁の乱で東軍総大将だった勝元の子である政元は、義視が当初、東軍に擁立されながら、最後には山名宗全の西軍へ奔《はし》ったことを、いまだに恨んでいた。

義視の西軍寝返りは、実は義政の心が義尚嗣立《しりつ》へ完全に傾いたのを察した勝元に、厄介払いされたというのが真相だが、当時の政治状況は複雑怪奇だったので、いまさら糾明《きゅうめい》のしようもない。

「義材さまも、ご初陣にて、お味方劣勢とみるや、風を食ろうてお遁《に》げになられた御方と聞いておる」

こんな変節漢の父子は信用できぬ。そう政元が放言したと大津へ伝わってきた。

右の一言で、義材は、まだ見ぬ政元を憎悪し、終生の宿敵になるやもしれぬと予感を抱く。

政元の言い分が、たぶんに感情的なものだったので、幕閣ではこれを却《しりぞ》けた。将軍の追善供養が行われるのに、その叔父と従弟の参列をゆるさぬという無法はない。大御所義政も、義視父子の入京を拒まなかった。

十余年ぶりに都の土を踏んだ父子は、義尚の追善供養から半年後、重病の義政を東山第《てい》に訪ね、対面を果たす。

東山第を辞して、宿所の三条通の通玄寺へ戻るまでの道すがら、義視は満面に浮かぶ笑みを隠しきれぬようすであったという。義政から、義材を次期将軍にという話があったのは、明らかであった。義政にすれば、自分の我がままで人生を狂わせてしまった弟への謝罪の気持ちが、死を目前にして湧き出てきたのであったろう。

義材は、しかし、ぬかよろこびはしなかった。たとえ義政が、義材嗣立を遺言したとしても、それで将軍職を得られるほど、この世は甘くない。別して、細川政元は義材の将軍就職を拱手《きょうしゅ》して眺めるだけの男ではなかろう。

ほとんど日をおかずして、義材は、夜陰、小川の日野富子邸へ微行《しの》んだ。

「よう座《わ》せられた」

富子は、すでに予想していたらしい。そうと分かれば、話が早い。義材は膝をすすめた。

「くだくだしきことは申さぬ。この義材が公方になれるかなれぬか、御台《みだい》さまのお心ひとつにござる」

「見返りは」

「政元を失脚させてご覧にいれる」

富子と政元は、心底では互いに、最も排除したい人間と思っている。

だが、富子は、血色のよい面《おもて》を笑み崩し、白い喉首をそらせて、けらけらと声をたてた。その五十歳とはとても見えぬ少女のような溌剌《はつらつ》さに、義材はどきりとする。

「義材どの。妾《わらわ》を、何者とお思いか」

「は……」

「悪名高き日野富子。政元を殺すつもりなら、とうに仕遂げておるわえ」

義材は、ぞっとした。

(この御方は、数段も上手じゃ……)

なぜ表向き政元と和を保っているのか、義材が訊《き》いてみると、

「三管領家のうち、斯波はもはや青息吐息、畠山も衰えた。なれど、残る細川のみ、一門の力が強い。その宗家の政元においそれと手を出せぬ道理であろう」

そう諭すように富子は語ってくれた。つまり、政元を滅ぼすには、容易ならざる策略が必要だと言っているのである。

「義材どのは、美濃では弓馬の道にお励みなされたようじゃな」

富子が、ふいに話題をかえて、義材の逞《たくま》しい体軀を凝然と瞶《みつ》める。

たしかに義材は、美濃に逼塞《ひっそく》中、武事に勤《いそ》しんだ。初陣で味わった恐怖を払拭し、いつか、あのときの恥を雪ぐには、強き武人とならねばならぬ。そう覚悟したからである。

「大御所は、もはや長《なご》うはない」

と富子は、平然と口にした。

「妾は薙髪《ちはつ》いたし、仏門に入ることになりましょう。鬱陶《うっとう》しいことじゃ」

ふいに富子が立ち上がって、義材へ寄ってくると、膝と膝が接するほどの間近へ端座した。

おどろいた義材は、尻退がりに後退しようとしたが、できなかった。両衿《えり》をつかまれたのである。

富子の両手が、義材の衿を強引に左右へくつろげた。筋肉の隆起した褐色の膚《はだ》が露《あらわ》になる。

「義政どのも成仁《ふさひと》さまも、このように猷じみたからだを持ち合わせぬ」

義材は、ねっとりと絡みつくような富子の視線に射すくめられ、身動きできぬ。肉体は異様な興奮に包まれたが、頭の中は真っ白になってしまう。

そのため、成仁さまというのが、帝の諱《いみな》をさすことに思い至らなかった。

かつて、義尚は帝の御胤《おんたね》ではないかという噂が、まことしやかに囁《ささや》かれたことがある。

「義材どの。見返りは、この場にて……」

呆気《あっけ》にとられた義材の半開きの唇を、富子のふっくらしたそれが塞いだ。

大御所義政が他界したのは、それから二カ月余り後のことであった。

三

十代将軍は義材。

それが衆目の一致するところであり、事実、幕閣諸侯の大多数も、血筋の長幼の順や現状を鑑《かんが》みて、当然と考えた。

ところが、義材の危惧したとおり、細川政元が、公然と異議を唱えたのである。変節を恥とせぬ義視・義材父子の器量に問題があるというのだ。

「幕府管領としては、政知《まさとも》公が息《そく》、清晃《せいこう》さまを迎え奉りたい」

義視の兄の足利政知は、関東の騒乱を鎮めるため、義政の命により鎌倉へ派遣されたが、箱根を越えることもできず、この三十余年、伊豆国で無為に過ごしている。その居館のある地名から、堀越公方《ほりごえ》とよばれる。

その子の清晃は、堀越に生まれたが、天竜寺香厳院《きょうごんいん》の後嗣と義政に定められて上洛、すでに入室していた。十一歳の年少である。この喝食《かっしき》を担ぎだすのは、かなり強引といわねばなるまい。

だが、政元の幕閣における発言力は強い。次期将軍問題はこじれると誰《たれ》もが惧《おそ》れた矢先、政元と真っ向から対立する者がいた。

「義材さまの御父君義視さまは、いちどは将軍家後嗣と定められし御方。それに、義材さまは亡き大御所のご内意を得ておられると伺《うかご》うておる。何ら差し障りはあるまい」

前管領畠山政長。幕閣における主導権を政元と争う重鎮である。

「異なことを承る。大御所のご内意のこと、この管領たる政元は知らぬ」

「それはまた迂闊《うかつ》なことよ」

政元より二回りも年長の政長は、鼻で嗤った。

「ご内意の儀、義材さまおんみずから語られしや」

「小川第のご託宣じゃ、政元どの」

政元は、絶句し、唇を噛《か》んだ。が、居並ぶ幕僚は、それで納得顔にうなずき合う。経済力を背景に、幕政に隠然たる影響力をもつ富子が義材を推《お》すからには、それは最終決定というほかなかった。

それにしても、政元は、ある驚きを抱かずにはいられぬ。

富子と政長が義材擁立に強硬姿勢を示したのは、それまでに義視の根回しがあったからに相違ないが、しかし政元は、義視の動きを探らせていたにもかかわらず、それを察知できなかった。察知できなかったのも当然で、義視はほとんど動かなかったのだ。

義視・義材父子は、応仁の乱以来、将軍職に固執してきた父が何事も指図し、子のほうはその言いなりであるはず。はなからそう思い込んでいた政元だったが、

（どうやら、わが不明であったらしい……）

いまにして、腑《ふ》に落ちた。

将軍就職のことで、富子や政長へひそかに働きかけたのは、義視ではなく、義材本人だったとしか考えられぬではないか。

思えば、義材も政元と同じ二十五歳。一方は義視、他方は勝元という応仁の乱で政

争の修羅場をくぐった父親を、それぞれ身近に実見して育った。義材も政元と同じように、父以上に狡猾《こうかつ》になって当たり前であろう。

（義材さまは侮れぬ……）

義政の死から七日後には、義材が嗣立され、義視がその後見として幕政をみることになった。正式の将軍職任官は半年後になるが、これで義材は事実上、足利第十代将軍の座を得たのである。

ところが、ここから政元の巻き返しが始まった。

政元は、富子へ擦《す》り寄ったのである。もともと、互いに目の上の瘤《こぶ》ながら、時と場合によってもちつもたれつを繰り返してきた二人のこと、驚くにはあたらなかった。

富子は、利に敏《さと》く、保身にも長《た》けている。一方にいい顔をしながら、それと敵対する他方とも平然と黙約を交わす。

その年の五月、出家した富子は、それまでの住まいだった小川第を、あろうことか、天竜寺香厳院清晃に与えたのである。

「富子どのらしいわ……」

義材は、一笑に付した。が、長く富子を憎みつづける義視が暴走してしまう。

「小川第を破却したと仰《おお》せられたか」

すべてが終わった後に、義視から知らされた義材は、茫然とした。小川第を取り壊したばかりか、富子の私財一切を没収したというではないか。

「父上。なんと早まったことをなされた」

義材が腹を立てているのに、

「あの尼に将軍家の力を思い知らせてやったのじゃ」

と義視は、得意気でさえあった。

「尼御台がおられればこそ、この義材は将軍職を襲《つ》げたのでござるぞ」

「大樹《たいじゅ》。甘いことを仰せられるな」

征夷大将軍を大樹と称す。

「襲いでしまえば、こちらのもの」

信用ならぬ妖怪じみた女の力は、できる限り削いでおくに限る、というのが義視の考えであった。

「これで政元も鳴りをひそめるであろうて」

父上こそ何という甘さか、と義材は溜《た》め息をつきたい気持ちであった。これで富子と政元の関係はより密接なものとなり、義材は孤立する。

しかし、義視は、双眸《そうぼう》から異様な輝きを放ちながら、声をたてて笑っている。父の

そのようすに、狂気を垣間見たような気がして、

（父上とともに存《あ》っては、将軍の座は長くないやもしれぬ……）

前途の暗さを予感せねばならぬ義材であった。

義材は、富子との会見を望んで、義視に気取られぬよう、密かに使者を送ったが、門前払いを食わされてしまう。

そうした不穏の状況の中、義材は朝廷より正式に征夷大将軍に任命される。

義視のはしゃぎぶりは尋常ではなく、喜悦のあまり死ぬのではないかと側近たちが案じたほどであった。

年あらたまって延徳三年（一四九一）の正月、それは現実となる。義視は、歓喜の絶頂へ達したまま、卒去してしまった。

義材は、悲嘆したが、同時に、どこかでほっとしている自分も否定できなかった。

しかしながら、まがりなりにも義視は、応仁の乱以前から諸侯と直接の交流があったせいか、それなりの存在感を示していた。そのため、義視の死によって、将軍義材の今後を不安視する声が出はじめる。

（威を示さねばならぬ）

そう決意した義材は、前将軍義尚の遺志を継ぎ、六角氏征討軍をふたたび催したい

と朝廷へ願い出た。折しも、六角高頼は、幕府の再三の禁令を無視し、近江国内の幕臣領や本所寺社領を押領《おうりょう》していた。

八月、綸旨《りんじ》を賜った義材は、

「常徳院殿（義尚）御出陣に百倍なり」

と庶人を驚かせた大軍勢を率いて、近江へ出陣する。

このとき政元が、留守を預かると申し出たが、義材は肯《き》かなかった。近江出陣中に、政元が清晃を樹《た》てて、京を制圧せぬとも限らぬからである。

「武門名誉の細川の宗家が出陣せねば、六角は討てぬ。恃《たの》みと思うぞ」

「身に余るお言葉。されば、政元、身命を抛《なげう》って、ご威光を六角に思い知らせてやりましょうぞ」

腹の底では互いに対手《あいて》を刺し殺しながら、君臣は微笑を交わし合った。

六角氏との戦いは、予想外に長引く。その間、一時の撤兵を進言する者も少なくなかったが、義材は踏みとどまった。初陣での過ちを、二度と犯したくない。

将軍義材の熾《さか》んなる戦意が、将兵にも伝わったのだろう、六角高頼の寵臣《ちょうしん》で守護代の山内政綱を捕らえて斬り、高頼を伊勢へ追い落とした時点で、親征は成功したといってよかった。

義材は、一年数カ月ぶりに、京へ凱旋する。

六角征討によって一挙に武名を高めた義材は、慢心してはなるまいと自戒したが、しかし新将軍として初めての合戦に勝利しただけに、いささかの驕《おご》りを避けがたかった。

一族間の内訌の熄《や》まぬ畠山政長から、河内国を手中にして敵対する畠山基家の征伐を懇願され、これに一も二もなく応じたのも、義材の自信過剰のなせるわざであった。むろん、義材にすれば、細川政元を掣肘《せいちゅう》する存在の政長の要請では、多少の無理をきいてやらねばならぬ立場でもあったろう。

義材は、畠山政長・尚順《ひさのぶ》父子、斯波義寛《よしひろ》、赤松政則らを従え、河内へ出陣する。

近江陣からわずか二カ月後のことで、義材には、余勢を駆って、という満々たる気概があった。そのため、基家など鎧袖一触《がいしゅういっしょく》にして、短時日のうちに帰京できると信じた。政元すら小さな人物と思えて、今回は義材のほうから留守居を命じたのである。

実際、義材率いる幕府軍は、河内の諸城を次々と落として、出陣後十日足らずで、基家の居城の誉田《こんだ》城へ迫った。

誉田城まで三里の正覚寺に布陣した義材は、これをすぐにでも陥落せしめんと諸将を叱咤するが、基家とて土壇場では踏ん張って、なかなか寄せつけぬ。

その攻防の間、京の政元は、拱手傍観しているような男ではない。基家派の大和国人衆とひそかに語らい、また河内参陣中の諸将へも密使を派し、着々と謀叛《むほん》の準備をすすめていたのである。

義材の不明は、いくさがどれほど将兵を疲弊させるか、ほとんど考慮していなかったことであろう。長期にわたった近江陣の疲れを癒すいとまも与えられず、畠山氏の内紛という私闘的色合いの濃い争乱の始末に駆り出されたのでは、口に出さねど不満が募って当然ではないか。

政元が京で清晃を擁立、挙兵したという急報が届くや、幕府軍から寝返り者が続出した。

「おのれ、政元」

憤怒した義材だが、どうにもならぬ。腹背《ふくはい》に敵をうける恰好となってしまった。

政元の周到さは、元服前の清晃を叙位せしめて新将軍に樹てたいが、そうした先例があるや否やを、官務家の壬生《みぶ》家へ密かに問い質し、支障なしの返答まで得ていたことであろう。

政元は、細川邸へ清晃を迎え入れ、還俗させて義遐《よしとお》と名乗らせると、洛中の義材方の諸将の屋敷を焼き討ちしたばかりか、義材の実弟の慈照院院主周嘉《しゅうか》を殺してしまった。同時に、配下の上原元秀、安富元家らを河内へ急行させ、義材が本陣を据《す》える正覚寺を包囲せしめた。

この細川軍の猛攻を浴びた畠山勢は、政長が自刃し、敗走した。政長は、しかし、おのれを犠牲にして、後日を期せ、と子の尚順だけは逃げのびさせる。

「政元はいずれにある。謀叛人のしゃっ面《つら》を見せい」

義材は、謀叛軍の前まで馬をすすめて、凄《すさ》まじき怒号を放った。戦って戦って戦い抜いて、政元と刺し違える覚悟であった。

だが、政元が京にあると知るや、恥をしのんで謀叛軍に降伏する。

（あやつより先には死なぬ）

京へ護送された義材は、上原元秀の監視の下、細川勝元創建の竜安寺に幽閉の身となった。

元秀というのは、政元の命令ならば、どんなあくどいことでも、眉毛一筋動かさずやってのける冷酷な男だ。

（暗殺されるやもしれぬ……）

毒を盛られたのは、それから四日後の夕餉《ゆうげ》のときである。

義材は、激しく嘔吐しながら、政元を憎悪した。たとえ身は滅んでも、地獄より呪い殺してやると誓った。

だが、一命をとりとめた。元秀が解毒薬を調合してくれたからである。

恢復《かいふく》した義材へ、元秀は真相を告げた。

「毒殺を図りしは、尼御台」

逃走した膳部の者を捕らえたところ、白状したのだという。

「申し上げるまでもなく、尼御台は知らぬことと仰せられておりまする」

富子は、義視の小川第破却に対する恨みを忘れず、政元の謀叛に手をかしただけでは飽き足らなかったのであろう。おのが財産を没収された仕返しに、義材の命を奪おうとしたのに相違ない。

その後、竜安寺から上原元秀邸に移された義材へ、政元みずから処遇を言い渡しにきた。

「明日、小豆島へご移徙《いし》あそばされまするよう」

「配流か。なぜ、予《よ》が毒を盛られしとき、元秀に助けさせた。見殺しにいたせば、おことも、胸のつかえが下りように」

「元秀の陣所にて、義材さまが弑《しい》されれば、この政元が下知と、世人ひとしくきめつけることでござりましょう」

「ほかには考えられまい」

「なればこそにござりまする」

「殊勝なことよ」

謀叛によって将軍職を剝奪したうえ、弑逆《しいぎゃく》まですれば、史上稀《まみ》にみる極悪人の烙印を押される。すでに義遐という操作のたやすい傀儡《かいらい》を手にした以上、義材には隠居してもらえばよい。それが政元の考えであろう。

これが富子であれば、何の躊躇《ためら》いもなく義材を見殺しにしたはずだ。

(思いのほかであったわ……)

政元の土壇場での意外な弱腰に、義材は内心、ほくそえんだ。

「政元。必ず後悔させてやろうぞ」

「塩飽《しわく》の海賊衆でも手懐《てなず》けられまするか」

政元の満面から、勝者の余裕が溢《あふ》れている。

「それも一興であるな」

「海の幸をたんと召し上がり、ご長寿を保たれんことを、遠く都より願《ねご》うておりまする」

これが義材と政元、最後の会見になろうとは、いずれも思いもよらぬことであったろう。

その夜、京は強い風雨に見舞われた。

「別盃を交わす者とておらぬ。そちが、うけてくれぬか」

と義材は、寂しげに言って、警固番の香川某《なにがし》を、部屋へ招じ入れた。

上原邸幽閉の当初から義材に付けられた香川は、武芸自慢の剛の者だけに、かえって涙もろい。いささかの情も通じ合った尊貴の人が明日は島流しかと思うと、あわれを催さずにはいられなかった。

「身に余る栄誉なれど、身共《みども》がような末輩《まっぱい》では、御盃が汚れまする」

「何を申す。そちは、よう世話をしてくれた。礼を言うぞ」

「勿体《もったい》ない」

香川は、感極まったか、太刀を傍《かたわ》らにおいて、がばっと平伏するや、声をあげて泣きだしてしまう。それが不覚であった。

義材は、手ずから盃をとらせるふりをして乗り出した身を、そのまま投げて、太刀へ飛びつく。

「あっ……」

香川の口より放たれたのは、断末魔の悲鳴というより、驚声であったろう。

義材の起き上がりざまの抜き打ちが、香川の額を存分に斬り割った。

杉戸を蹴倒した義材は、戸外へ跳び出す。夜の闇と、烈《はげ》しい風雨が、その姿を人目から隠してくれた。

返り血も、雨に流されてゆく。

身も心も壮快というほかなかった。

(予は返り咲く、いまひとたび将軍に)

前将軍が、夜陰の洛中を、血刀をひっさげたまま、たったひとりで駆け抜ける。前代未聞のことであった。

四

三年後の夏、尼御台富子が没する。五十七歳であった。

かつて義視に小川第の私財を没収されたのに、それでも、

「七珍万宝」

と称される財貨を遺《のこ》したそうな。万民の上に立つ身として、よほど悪辣な蓄財家であったというほかなかろう。

この年、京都に、盗賊の横行が例年より甚だしかったのも、富子の死と無縁ではあるまい。

そのころ、義材は、越中の守護代神保長誠《ながのぶ》のもとに逼塞していた。長誠は、河内正覚寺の露《つゆ》と消えた畠山政長の部将だ。

富子の死が、幕閣内の力関係に影響を与えることは明らかである。義材は、失地回復をめざし、挙兵の準備をすすめた。

が、政元もさる者で、近江の六角高頼の罪を勅免をもって赦《ゆる》し、義材の上洛の道を事前に阻む策をとった。

義材は、新たなる旅立ちを期して、名を義尹《よしただ》と改めるや、越中から越前入りし、朝倉貞景《さだかげ》の支援を求める。同時に、紀伊へ逃れていた畠山尚順に連絡をつけた。

単身で京都を脱出してから六年。延暦寺も味方に引き入れた義尹は、近江坂本まで陣をすすめる。

政元の対応は迅《はや》い。直《ただ》ちに、比叡山へ攻め上って、根本中堂や大講堂を焼き討ち、坂本へは六角高頼・細川政春らの率いる大軍を派した。

話にならぬほどの兵力差である。義尹軍は散々に打ち破られ、義尹は命からがら河内へ遁走《とんそう》せねばならぬ惨敗を喫した。

再挙を焦ったことを、義尹は悔いた。

将軍義高（義遐から改名）と政元の間が、いまはうまくいっているのだと思わざるをえない。

（機の熟すのを待つ……）

義高は、二十歳を迎えた。これから自我に目覚めて、必ず政元と対立するようになる。それまで、凝《じ》っと待つのだ。

亡父義視は、上洛の機会の訪れるのを美濃で待つこと、十二年間だったではないか。

（雌伏《しふく》じゃ、雌伏じゃ）

自身に強く言い聞かせた義尹は、周防《すおう》国山口へ落ちていった。山口は、周防・長門・石見・豊前・筑前五カ国の守護を兼ねる西国随一の大名、大内義興《よしおき》の本拠である。

義興は、流浪の貴種を歓迎した。「統《す》べて帝都の模様を遷《うつ》」して町作りを行った山口に、前将軍を迎えたことで、義興は最高の装飾品を得たと思ったのであろう。

その後、義尹の山口からの内書濫発《らんぱつ》に対して、幕府より西国諸侯へ再三、大内氏追討の命令が出されたが、応じる者のいなかったところをみても、当時の義興の強大さが窺える。

義尹は、西国の小京都において、武事に勤しみつつ、雌伏した。

やがて、将軍義高と管領政元の間は、義尹の思惑通りになっていく。意志をもちはじめた義高は、義澄《よしずみ》と改名し、将軍を飾り物としか見做《みな》さぬ政元と、事毎《ことごと》に衝突するようになった。

宴席で口論の果て、政元が席を蹴って京都から出ていったかと思えば、次にはその専横《せんおう》に激怒した義澄が出家すると喚《わめ》き立てるという具合で、幕政などそっちのけであった。

もともと政元が、修験道《しゅげんどう》に凝《こ》って、奇矯の振る舞いの熄《や》まぬ男で、武家の当主にもかかわらず不犯《ふぼん》を宣言している。そのため、義澄のみならず、細川家臣団の中にも不信感をもつ者が少なからずいた。

そうした不穏の気の充《み》ちる中で、政元は相次いで養子を迎えた。前関白九条政基の子澄之《すみゆき》と、阿波守護細川之持《ゆきもち》の弟澄元《すみもと》である。

それによって細川一門が、澄之派と澄元派の真っ二つに分かれてしまったのは、当然の成り行きというべきであろう。この頃の政元は、精神に破綻をきたしていたとみるほかない。

ほどなく両派の戦いが始まり、澄之派が政元暗殺という暴挙に出る。

政元は、邸の風呂場で刺殺された。その報を山口でうけた義尹は、居室から庭へ跳びだし、狂ったように咆哮して、太刀で庭木を悉《ことごと》く切り倒した。

「政元、なぜ死んだ。汝《うぬ》だけは、わが手で斬り刻んでやらねば、腹の虫がおさまらぬわ。口惜しい……口惜しいぞ」

そうして身内の嵐を鎮めると、義尹は、近習《きんじゅ》へ命じた。

「義興をよべ。上洛いたす」

義尹が上洛準備をすすめる中、京では、澄元派の細川高国が、電撃的な巻き返しをみせ、澄之とこれを担いだ香西元長・薬師寺長忠らを殺害する。

「手間がひとつ減ったわ。これで、討つのは澄元派だけでよい」

大軍を率いる大内義興に擁され、海路、安芸国まですすんだ義尹は、そう嘯《うそぶ》いた。

将軍義澄は、石清水八幡宮に義尹死去を祈願し、澄元の後見人で、猛将と怖れられる三好之長《ゆきなが》を頼った。が、幕府では、之長と高国が不和となり、大内軍迎撃の態勢をとることは不可能であった。

すると高国が、一転して、義尹公入京の先駆けと称し、澄元・之長を近江へ逐《お》い、泉州堺に、大内軍を恭《うやうや》しく出迎えた。

もはや敵《かな》わじと怖れた将軍義澄は、義尹入京の前に近江へ逃れる。

「ついに戻った、京に」

京の土を踏んだ義尹は、この日のくることを信じて、執念を燃やしつづけたおのれを、誇らしく思った。

従三位《じゅさんみ》権大納言、征夷大将軍に任じられた義尹は、四十三歳。永正五年（一五〇八）七月一日のことで、上原邸を脱したあの夜から十五年の歳月を費やしている。

この前例のない将軍再任は、父子二代にわたる妄執がもぎとったものというべきであろう。

義尹は、高国を管領に、義興を管領代に任じて、義澄・澄元・之長の討伐を命じた。

これに対して、軍勢を催しての戦いでは衆寡敵せずと思ったか、義澄が将軍暗殺の刺客を放ってきた。翌年十月末の夜更けのことである。

刺客は、円珍という者を頭目に、四人。事件後、時衆とも、近江忍びともいわれたが、定かではない。

凶刃がきらめいたのは、義尹が寝所へ入って臥《ふ》せった瞬間である。咄嗟《とっさ》に寝床から転がり出た義尹だったが、肩のあたりに衝撃をおぼえた。

「ひと太刀で仕留められぬとは、不覚悟な者どもよ」

大喝を浴びせてから、義尹は、眼の前の対手へ組みついた。身に寸鉄も帯びていないため、刀を奪うつもりなのだ。

「かまわぬ、重ねて斬れい」

円珍は、義尹と組討つ手下の生命など一顧だにせぬ。こういう仕事に馴れた男というべきであろう。

義尹は、動くたびに、身に鋭い痛みを強いられる。が、対手から離れなかった。

刺客たちは、たじろいだ。義尹とはこのように剛毅《ごうき》な人だったのか、と。

その一瞬の隙が、かれらの命取りとなった。義尹は、ついに刀を奪いとるや、その対手を真っ向から斬り下げ、返す一閃《いっせん》に、右方の者の胴を深々と抉《えぐ》らせていた。

「この義尹に、わずか四人の刺客とは、義澄も思慮浅き男じゃ」

闇の中に、皓《しろ》い歯をみせてから、義尹は、円珍と残るひとりを、瞬時に斬り伏せた。

ようやく駆けつけた邸内の人々が、明かりを向けると、そこには血まみれの義尹が仁王立ちしていた。

身に九カ所の刀創を負いながら、刺客四人を斬り仆《たお》した義尹の剛勇は、さすがは武門の棟梁よ、と世人の称賛を浴びる。この時点で、義尹と義澄の争いは、結着《けっちゃく》したといってよい。

二年後、船岡山合戦に大勝した義尹は、細川澄元と三好之長を阿波へ逐った。その直前、義澄は近江岡山で失意のうちに没してしまう。

最大の敵を駆逐してしまうと、義尹は名を改めた。義稙《よしたね》という。

それで、さしもの義稙も安堵《あんど》したのか、にわかに緊張が緩んで病に冒された。

一方で、高国と義興の専横が目立ちはじめる。義稙を将軍職に就かせ、政敵を一掃してやったという驕りが、二人の言動に露骨となったのだ。

それまで強固な連立政権を保っていた義稙と高国・義興の蜜月は、急速に色あせ、風雲の兆しが見え隠れしはじめる。

義興が、急遽《きゅうきょ》、帰国の途についたのは、そうしたさなかであった。在京十年の間に、領国が乱れてしまい、経営の建て直しを迫られたからである。

これで義稙は、最強の軍事的後ろ盾を失った。阿波の澄元・之長主従に復帰を促したようなものである。

「高国。阿波勢は、摂津兵庫に上陸いたそう。予を堺に出迎えたときのように、澄元へ寝返るか」

「おたわむれを。之長が、この高国の首を望んでおりまする。戦うほか道はござらぬ」

すっかり不和となった義稙と高国だったが、このときばかりは、再び協力し合わねば生き残ることはできなかった。

しかし、摂津へ出陣した高国は、之長の猛攻の前に敗れ去り、早々と京へ逃げ帰ってくる。

そのため、義稙が命じて京都守備にあたらせた六角、京極両氏も動揺し、急ぎ帰国の準備をはじめてしまう。

「早すぎるわ、高国。なにゆえ、踏みとどまらなんだ」

「大きな痛手を蒙《こうむ》らぬうちに、後日を期するが将のつとめにござりまする」

微笑すら浮かべて、高国は、ぬけぬけと言ったものだ。

義稙は、二十数年前の政元との関わりを、ふと脳裡に蘇らせる。しかし、政元とは、互いに父親が応仁の乱の立役者のひとりで、また同年齢ということもあって、その心底を読めた。

（こやつは何を考えておるか、分からぬ）

細川庶流から、ほとんど徒手空拳でのしあがってきた高国の顔というものを、あらためて凝視せずにはいられぬ義稙であった。

「大樹。ご動座のお支度を」

「近江か」

義稙が渋い表情を作ると、高国は、一瞬、微《かす》かながら、唇許《くちもと》に嗤笑《ししょう》を刻んだ。それを義稙は、見逃さなかった。

「将軍家の慣例にござりまする」

たしかに将軍の近江落ちは、慣例にひとしいほど頻繁に繰り返されてきたが、臣下が口にしてよいことではない。

「ひとりで落ちよ、高国。予は動かぬ」

高国は、双眸をちかっと光らせる。

「畏《おそ》れながら、大樹。そのご一言、澄元をえらばれたと解してよろしゅうござりまするか」

「どうとでも解するがよい」

義稙は、高国がせめて半年でも踏ん張ったら、たとえ敗れても、行をともにしようと考えていたが、たったいま、信用ならぬ男と見限ったのである。

「後悔なされまするぞ」

どこかで聞いたことを、高国が言った。

（そうであった……）

思い出した。義稙に小豆島配流を告げにきた政元へ、義稙自身が投げつけた言葉ではないか。

「去《い》ね、高国」

決裂というべきであった。

このときの義稙の誤算は、澄元の入京が、高国が近江へ去ってから一月《ひとつき》余りも後だったことであろう。入京の遅延は、澄元が陣中で重病に陥ったことによる。

その間に高国は態勢を立て直してしまい、澄元が細川管領家の家督相続を認められた数日後には、京都東山の如意嶽《にょいがたけ》に雲霞《うんか》の如き大軍を率いて出現した。

高国は、澄元を阿波へ逐い、之長を捕らえて首を刎《は》ねた。澄元も、一月後に、阿波勝瑞城で病没する。

「お久しゅうござりまする」

たった三月《みつき》しか経っていないのに、高国は義稙に拝謁するなり、そう皮肉を陳《の》べた。

「去ねと命じたはずぞ、高国」

「強がりを仰せられまするな。傀儡は操られるままに動くものにござりまするぞ」

「無礼であろう」

「幽閉をお望みあそばすか」

立場の上下は、瞭然というほかない。

翌年の春、義稙は、高国の横暴を悪《にく》んで、和泉へ出奔《しゅっぽん》し、次いで淡路へ渡った。

いずれ幕府の奏請により、勅諭をもって還京を促されるはず、と義稙は踏んだのである。そのとき、高国の力を削《そ》ぐような交換条件を持ち出せばよい。

ところが、高国は、強《したた》かであった。躊躇《ちゅうちょ》せず義稙を棄てるや、あろうことか、かつて自身が攻めて死に至らしめた義澄の遺児亀王丸を迎立したのである。

その臆面のなさに、世人ひとしく啞然《あぜん》とした。

義稙は、畠山義英《よしふさ》に連絡して再挙を図り、急ぎ堺へ渡った。だが、大内義興の大軍を従えた十三年前のような華々しさとは程遠い、寡兵を率いての上陸である。たちまち高国に駆逐されてしまう。

阿波へ逃れた義稙へ、年末、ある知らせが届く。将軍職解任のことであった。

義晴《よしはる》と改名した亀王丸が、高国を烏帽子親《えぼしおや》として元服し、従五位下に叙せられ、次期将軍の座をほぼ手中にしたのである。

義稙は、諦めなかった。

(戦って戦って戦いぬくのじゃ)

そのための布石も打ってある。すなわち、阿波へ落ちるさいに、義晴の兄義維《よしつな》を播磨から伴《つ》れてきており、これを猶子《ゆうし》としたのだ。高国に対して、目には目を、というべきであった。

「よいか、義維。そなたは義晴の弟とされておるが、それは義晴を将軍職に就けんがために高国が偽ったことじゃ。実は、そなたは義晴の二歳年長である」

後に義維の孫が書き遺した『阿州足利平島伝来記』の記述は、そのことを明らかにしている。また、『続応仁後記』でも、義維を義晴より一歳上と記す。いずれにせよ、義維が兄であった。

「義澄どのが子を将軍後嗣とするならば、そなたであらねばならぬ。そなたこそ、次の将軍になるべき者なのじゃ」

義稙は、事あるごとに、義維へそう言い聞かせた。万一、義稙自身が再起できなかった場合、その夢を義維へ託すためである。義視・義稙父子の再現といってよい。

阿波逼塞後も、義稙は、再挙のために諸侯へ呼びかけた。

「必ず、三度《みたび》、将軍になる」

それればかりを念じつづける日々であった。しかし、呼応する者は、もはや現れぬ。

大永三年（一五二三）、義稙を病魔が襲った。五十八歳である。死期を悟らねばならなかった。

「将軍職は、座して待つものではない。戦って奪うものぞ。決して逃げてはならぬ。戦って戦って戦い抜くのだ」

それが義維への遺言である。

四月九日、阿波撫養《むや》において、足利義稙は、将軍職にこだわりつづけた妄執の生涯の幕を閉じた。

この日から、妄執は義維へ憑依《ひょうい》した。

八年後、高国に殺された三好之長の孫元長が、義維を擁立して挙兵し、尼崎で高国を滅ぼす。

高国は、たったひとりで京屋に隠れて、ぶるぶる顫えていたところを、密告により捕らえられ、広徳寺にて自害せしめられた。密告したのは義稙の怨霊だったと噂された。

しかし、義維の上洛については、諸般の事情がゆるさず、実現しなかった。そのことで義維は妄執を一層募らせることになる。後年、子の義栄《よしひで》を将軍に就任させるべく、その一事のみのために人生を捧げた。

義維の夢は、義稙の死から四十五年の歳月を経て叶う。義晴の後を嗣いだ義輝《よしてる》が松永久秀に弑逆され、義栄に足利十四代将軍の座がめぐってきたのである。

「三度目の将軍職にござりまするぞ」

と老いた義維は、義稙の位牌に報告し、咽《むせ》び泣いた。

だが、当時、摂津富田の普門寺《ふもんじ》に在って将軍任官の知らせをうけた義栄は、京へ上ることができなかった。義輝の弟義昭《よしあき》を奉じた織田信長が、六万の大軍を率いて先に上洛したからである。

阿波へ逃げ帰った義栄は、腫物《はれもの》を患い、それが因《もと》で、あっけなく死ぬ。一説には、家臣の松永久秀が、信長の意を迎えるために、毒を盛ったのだという。

義栄の死の直後、阿波撫養湊《みなと》から、京をめざして、一艘の小舟を漕ぎだそうとする少年がいた。義栄の弟の義助《よしすけ》だ。親から子へ受け継がれた妄執だけは、なおも生きつづけていたといえよう。

「和子《わこ》。おとどまりなされい」

一宮成助という者が、義助を制して、

「もはや足利将軍の時代は了《お》わりましょうぞ」

とあからさまに言った。世の多くの武士は、そのことを感じていたのである。

やがて、義昭は信長に放逐され、足利時代は終焉《しゅうえん》を迎えた。

義助の子孫は、長く阿波国平島荘古津村に生き、平島公方とよばれつづけて、土地の人々の尊崇をあつめた。昭和の初年頃まで、地元の八幡社の祭礼で、古津村の山車《だんじり》が常に御練《おねり》の先頭に立つならわしだったのも、そのあらわれである。

人々は、いつの日か、

「平島さん」

が将軍に復帰すると信じていたのであろうか。

史上唯一の再任将軍足利義稙の妄執は、四百年後まで、生きつづけていたのやもしれぬ……。

紅楓子《こうふうし》の恋

一

その子が駿河《するが》国富士郡山本村に生まれた年は、京では管領細川政元《ほそかわまさもと》が将軍足利義材《よしき》を武力をもって追放するという、世が麻のごとく乱れていたころである。

母の胎内より出てきたとき、色黒のあまり、炭の塊かと疑われた。生来、左眼が潰《つぶ》れている。手指は極端に短く、関節の足りない指もあった。

頭ばかり大きく、からだは骨張って小さい。瘤《こぶ》を担ったような背が真っ直ぐに伸びぬので、くぐせであろう、と産婆が断じた。

迷信、俗信が疑われなかった時代である。あばたがひどいのは、前世の悪しき因縁に相違ないと嘆かれた。八寒地獄の頞浮陀《あぶだ》に落ちた者は、厳寒のために肉体が爛《ただ》れてあばたを生ずるという。

醜すぎた。

「鬼子《おにご》じゃ」

今川家に仕える父の山本図書《ずしょ》は、そうきめつけて、

「捨てよ」

と家人に命じる。

母は、いっそのことと思い詰め、鬼子の醜貌を濡れ紙で被《おお》った。

偶々《たまたま》その場に居合わせた図書の兄帯刀左衛門《たてわきさえもん》が、惨劇を未然に防ぎ、わしに預けよともらいうけて、その子を源助《げんすけ》と名づける。

歩けるようになると、しかし、跛足《はそく》であることも判明した。鼻は鼻梁《びりょう》というものが見当たらぬほど低く、反っ歯なぞ三十間先からも見える、と百姓の子らにも揶揄《からか》われた。石を投げつける子はいても、友になろうとする子はひとりもいない。

源助は、かれらを半殺しの目に遇《あ》わせて、うじ虫どもめがと平然とうそぶいた。矮《わい》軀《く》、隻眼跛足にもかかわらず、鬼子は人知れず猿のような俊敏さを身につけると同時に、みずから工夫して兵法を編み出そうとしていたのである。

そんな源助を、帯刀左衛門も不気味に思わずにはいられなかった。それでも、兵法にいささかの自負のあったこの養父は、源助を軍配者に仕立てるべく教育しようと努めたのだが、鬼子はことごとに反抗的で、とうとう手に余る。

山本家は三河にも所領があった。三河宝飯《ほい》郡牛窪《うしくぼ》城主・牧野右馬允《うまのすけ》の家臣大林勘《おおばやしかん》左衛門《ざえもん》とかねて親しい帯刀左衛門は、嗣子のいない大林家へ源助を養子に出す。姓名を大林勘助《かんすけ》とあらためた鬼子は、牛窪でも醜貌に陰惨の気を罩《こ》めて人を寄せつけず、第二の養父にも周囲の者にも気味悪がられた。

その中で、ひとり勘助の才を見抜いた寺部城主鈴木日向守《ひゅうがのかみ》が、この若者は野に放たれ自由に生きてこそ真価を発揮する、と勘左衛門に意見する。勘左衛門にすれば、願ってもないことであったろう。

養父から廻国修行をすすめられた勘助も、その本音を看破した。

「厄介払いにござろう」

憎体《にくてい》な別辞を吐いて、勘助は養家をあとにする。内心では、解き放たれたことが、小躍りしたいほどうれしかった。

三河の小城主の名もなき臣下で生涯を竟《おわ》るつもりはない。国持大名の軍師となって、わが兵法を存分に駆使することが望みなのである。

勘助、二十歳であった。

（山本へも牛窪へも二度と戻らぬ）

その覚悟のもとに旅立った勘助は、爾来《じらい》、西国を経巡《へめぐ》ることになる。

帯刀左衛門のように物事の教授を無理強《じ》いする対手《あいて》には反発するが、みずから望めば、先達に教えを乞《こ》うことに、むしろ能動的な勘助であった。評判の高い兵法家と聞けば、片端からその門を叩《たた》く。

門前払いばかりであった。野心をぎらつかせた勘助の醜貌が厭《いと》われたのである。

武技は、果たし合いで磨いた。愛する者も愛してくれる者もいない鬼子は、死を怖れぬ。

仆《たお》した対手の血縁や門人から命を狙《ねら》われることも少なくなかったが、勘助は逃げ隠れせず堂々と受けて立った。

都の争奪でいくさの絶えぬ畿内に一旗挙げんと、牢人分として陣借りし、戦場を馳《ち》駆《く》したことも一再ならずある。が、いかに戦功を樹《た》てようとも、仕官は叶わぬ。味方の将が、人外《にんがい》の化け物を使ったと敵から嘲罵《ちょうば》されて、かえって不快をおぼえるからであった。

勘助は、人という人を憎み、またおのれの醜貌を恨んだ。

食うに困って、洛中で辻斬り強盗にまで成り下がり、ある日、明るいうちから若い僧を襲った。

僧は、刃を突きつける勘助を一向に悔《おそ》れるふうもなく、金品の持ち合わせがないのでついてきなさいと言う。案内されたところは、妙心寺《みょうしんじ》であった。臨済宗妙心寺派の大本山である。

「当寺にあるものは、何でも持って行かれるがよい」

応仁の乱以来、盗賊の横行する京では、夜になれば寺荒らしも出没するので、どのみちいずれは奪われるもの。恨みはせぬゆえ、どうぞご随意に、と僧は微笑を湛《たた》えてすすめるのであった。

人間としての品格の違いを、これほど思い知らされたことはない。勘助は、狂乱し、寺宝の数々へ片端から斬りつけてのち、我に返り、逃げるようにして走り去った。

そして、何か見えざる力に引き寄せられるようにして、勘助はいつしか紀州高野山に登っていた。

雪を被《かぶ》った山中の摩利支天《まりしてん》堂に籠《こ》もり、食も睡眠も断《た》って、ひたすら祈願すること七昼夜、夢と現《うつつ》の境の中で、ついに霊験を得る。

摩利支とは陽炎《かげろう》あるいは威光を意味し、摩利支天は日月の光の徳を顕《あらわ》す神である。

常に日輪の前にあって形を現さず、何者もこれをとらえることも、害《そこな》うこともできぬ神であることから、古来より武人に尊崇されてきた。

その摩利支天が、勘助の眼の前に出現したのである。

たいていの摩利支天は、獅子《しし》の上に立つ三面八臂《はっぴ》の姿で、天女に似た顔も柔和と忿《ふん》怒《ぬ》に分かれている。あるいは、三面六臂の炎髪忿怒相というのも知られる。その多臂《たひ》には、弓、箭《せん》、戟《げき》、杵《しょ》、棒などの武器をもたせてあるものだ。

だが、勘助に微笑《ほほえ》みかけてきた摩利支天は、天女そのものの慈悲深い顔だちで、一面二臂という人間と同じ姿でもあった。胸の前へ挙げた左手に天扇を持ち、垂らした右手には与願印をなすゆったりした座姿は、勘助の心身を束の間、ありとあらゆる俗事から解放せしめる。さながら母の胎内へ戻ったかのようであった。

眩《まばゆ》いばかりに光り輝く摩利支天に触れようと手を伸ばした瞬間、神は失《う》せてしまう。

懐《ふところ》が熱い。探ってみると、何か手に触れる。取り出せば、それこそ摩利支天ではないか。

白檀《びゃくだん》で作られたわずか一寸二分ほどの高さの座像だったが、たったいま現れた摩利支天の姿と一如《いちにょ》であった。

おそらく妙心寺で暴れたさい、何かの拍子に懐へ飛び込み、そのまま気づかずにいたものであろう。が、勘助は、そんなことを思いもせぬ。天より降ってきたと信じた。自分を愛してくれる人はいない。しかし、愛してくれる神がいた。勘助は、摩利支天座像に頰ずりしながら、声を放って泣いた。

摩利支天座像を入れた小袋を首から垂らして膚着《はだぎ》の下に蔵《しま》い、勘助は高野山を下りる。

以後の勘助は、身も心も天にゆだねるようになった。なるようにしかならぬ。自然のままに生きるのだ。

山陰、山陽、四国、九州を旅し、短い間ながら、尼子や毛利や島津に仕えた。仕官が叶ったのは、憑《つ》き物を落としたように、陰鬱の気を高野山に流してきたことで、ある種の風格が具《そな》わったからであろう。

ただ婦女子には、決して好かれることがなかった。春をひさぐことを生業《なりわい》とする女たちですら、勘助に抱かれるや、顔をそむけ、肌に粟粒を生じさせるのが常である。

仕官がいずれも短期間に了《お》わったのも、みずからあるじを見限ることもあったが、ほとんどの場合、あるじの奥向きから苦情が出たからであった。

この時代、武家の表と奥とは劃然《かくぜん》たる態《さま》ではなかったので、女たちは時折見かける醜貌を怖がり気味悪がったのである。そのたび勘助は、あるじより切り出される前にみずから暇《いとま》を告げた。

だが、放浪十五年で、勘助は兵法家としての自信を得る。武技はもとより、軍法、軍配術、築城術など、いずれをとっても余人にひけをとるとは思えなかった。

その充足感を胸に、勘助は幾度めかの上洛をする。あの妙心寺の僧に、いまいちど会ってみたいと思ったのであった。

しかし、妙心寺を訪ねてみると、あの僧はすでにおらず、僧名すら知らぬため、探してもらうこともできかねた。

勘助が、わが生涯唯一無二の女性《にょしょう》に出遇ったのは、参道を戻る途中においてである。六、七歳とおぼしい童女であった。装束からして公家の姫君に相違なく、竜胆《りんどう》の汗衫《かざみ》の尻を長々と地に這《は》わせて、路傍の木の下に立ち、紅葉した枝を手折《たお》ろうというのであろう、小さなからだを背伸びさせている。

勘助の息はとまった。これほど無垢で可憐な景色を、いまだかつて眼にしたことがない。

勘助は知る由もないが、母とともに参詣にきていた童女は、明日の花合《はなあわせ》のために美しい紅葉をみずから手に入れようとして、侍女たちの眼を盗んでひとり寺内をうろつきはじめたところであった。花を持ち寄って、その花によせる歌を詠み合い、優劣を競う遊戯を花合という。この場合は紅葉合だ。

あと少しで、これこそ紅葉と見紛《みまご》う繊手《せんしゅ》が枝に達しようというとき、勘助は正気を取り戻した。

(漆《うるし》の木じゃ)

樹液に触れでもしたら、皮膚にかぶれをおこす。

「さわってはなりませぬぞ」

叫びながら、勘助は走った。

声におどろいた童女は、首だけ振り返らせた拍子に、爪先立ちのからだが揺れて、後ろへふわっと倒れかかる。

勘助は、童女の背の下へおのが矮軀を滑りこませ、危うく抱きとめ得た。

勘助の起こした風に舞い立った落ち葉が、童女の垂れ髪の上に、はらはらと降りてくる。

童女は、抱かれたまま、逃れようともせず、双眸《そうぼう》を大きく瞠《みひら》いて、勘助の醜貌をまじまじと瞶《みつ》めた。血の筋も曇りもまったく見当たらぬ澄明なる眸子《ぼうし》である。

(泣かれる……)

そう思うと、勘助の色黒のおもては、さらに醜く歪《ゆが》んでしまう。勘助を一見して泣きださなかった幼子は、ひとりとていないのである。

「無礼をご容赦」

あわてて童女を立たせるなり、勘助は地にひたいをこすりつけた。勘助こそ泣きたかった。

「いくさで、めをなくしたのか」

思いもよらぬことである。童女は、泣きもせず、声をかけてきたではないか。

「は……。生まれついてのものにて」

「なんぎじゃなあ」

語尾を長く伸ばしたところが、いかにも子どもらしく思えて、身内に温かいものがひろがるのをおぼえた勘助は、おそるおそるおもてを上げてゆく。

ふいに、終生開くことのない左眼から、何かやわらかい触感が総身へと伝わった。

童女の掌と接したのである。

「いたいところは、なでるがよいぞ」

童女は、小首をかしげながら、皮と肉のひきつりにすぎぬ勘助の左眼を撫《な》でていた。

童女の背に後光が射した。釣瓶《つるべ》落としの秋の夕陽《ゆうひ》である。

（摩利支天さま……）

勘助は顫《ふる》えた。恍惚として顫えた。このまま死にたいとすら思った。

だが、勘助の至福の時は、恐怖を隠さぬ叫びによって、引き裂かれる。

「姫さまが」

「かどわかしじゃ」

「誰《たれ》か」

金切り声をあげるばかりで、勘助の醜貌の前に立ちすくむ侍女たちの後ろから、わらわらと公家侍どもが走り来る。

「この化け物めが」

「姫さまにさわるでない」

「けがらわしい」

罵声を浴びせながら、かれらもまた、勘助に斬りつける勇気はないらしく、五間の距離より近づかぬ。

勘助は、いまいちど、童女のあどけない顔を凝視してから、未練を断ち切るように、後ろへさがった。一歩後退するごとに、肩が沈む。そうして童女と駆けつけた者たちから遠ざかりながら、差料《さしりょう》の鯉口《こいぐち》を切る。

二十間あまりもさがったところで、路傍に生える樹木に向き直るや、その幹を数歩駈けあがりざま、腰間から銀光を迸《ほとばし》らせた。

地へ降り立った勘助は、紅葉の楓の一枝が地へ落下するより早く、抜き身を鞘《さや》へ収めて、それを手にうけてみせる。

上向けた両掌に捧げ持った一枝を、勘助は恭《うやうや》しく参道へ置いた。童女に捧げたのである。楓の木でかぶれることはない。

童女が、にこっと微笑《わら》った。勘助の意を察したことは疑いない。

背を向けた勘助は、美しく切ない思いを抱いて、黄昏《たそがれ》の中へ消え入った。

二

勘助は、出奔するときには二度と戻らぬと誓った養家の地、三河牛窪へ足を向けた。十五年という歳月が、この男から無用の片意地を取り除いたといえよう。

大林家には実子が生まれていたが、形としては養父勘左衛門のすすめによる廻国修行であり、親子の縁を切ったわけでもないので、勘助が主張すれば、大林家の家督を嗣《つ》ぐこともできる。何やら言い知れぬ凄味と穏やかさを身につけて帰還した勘助を、勘左衛門は怖《おそ》れた。

だが、勘助のほうに大林家の家督など興味がなかった。もともと兵法修行の成就を報告するために立ち寄っただけなのである。

勘助は、皮肉の言辞を吐くこともなく、実子誕生の祝詞を陳《の》べ、みずから親子の縁を切って、旧姓に復した。

山本勘助である。

そのまま東国へ旅立った。

小田原の北条、鎌倉の上杉などに仕官を試みたが、結果はこれまでとかわらぬ。何としても容貌の醜さが不利をもたらした。

勘助の親戚筋で、最も身分高きは、駿河の今川義元の重臣の庵原《いおはら》安房守《あわのかみ》である。その安房守の推挙をもってしても、仕官の夢は実現しなかった。

高野山へ登る前の勘助ならば、本領を発揮する場を与えられぬまま醜貌が原因で道を断たれてしまう理不尽な現実に押し潰され、狂徒と化して、追剝盗人《おいはぎぬすっと》にでも堕《だ》していたであろう。だが、高野山以後は、堪え忍ぶことをおぼえた。

(おれには摩利支天のご加護がある)

勘助はそう信じて疑わず、庵原家に寄食して、世に出る機会を永く窺《うかが》いつづける。

そのころ、隣国の甲斐国で異変が起こった。

一族間の紛争を終結させて国内統一を果たしたことで、過剰な自信をつけ、独裁者と化していた国主武田信虎《のぶとら》が、

「余りに悪行を被成《なさる》」（『妙法寺記』）

ので、嫡男晴信が板垣信方らの重臣と語らって、これを姻戚の今川氏のもとへ追放したのである。無血であったという。

武田晴信は、のちの信玄である。

この事件で、勘助は、にわかに武田信玄に注目した。決して凡将ではなく、むしろ戦国大名として秀でた男であった信虎を、いかにしてかくも見事に追放しえたのか。信虎追放に到《いた》るまでの信玄の進退をどうしても知りたくなった勘助は、駿河と甲斐を幾度も往《い》き来して、噂や伝聞を拾った。そして、甲斐の二十一歳の新国主が尋常ならざる将器であることを知ったのである。

十三歳のとき、父の秘蔵の名馬鬼鹿毛《おにかげ》を所望して、若年のそなたにはまだ乗りこなせぬ、来年の元服時に武田家重代の家宝ともどもとらせよう、となかばおためごかしのような信虎の返辞に遇った信玄は、馬はいまから乗り慣れておけば、一年がのち、いざ出陣の折り父上の御後ろを警固申しあげることができまする、と本意を明かした。とりようによっては、信玄の言辞は小賢《こざか》しい。生来、気短な信虎は、激怒し、なら

ば家宝もやらん、家督も次郎に譲ると喚《わめ》き立てた。次郎とは信玄の弟信繁《のぶしげ》をさすが、もともと信虎は信繁ばかりを露骨に可愛がっていたのである。

以後の信玄は、落馬はする、泳げば深みにはまる、文字は下手くそ、汚れた衣服のまま諸儀式に出る、力比べも武技も悉《ことごと》く弟に敵《かな》わない、といった具合で、紛れもないうつけ者であった。そのため、信繁を次期国主と信じる家臣たちから、侮られ、公然と悪口を言われた。

やがて、信虎のほうが、おのれの望むところを実行に移す。後見人の今川義元殿のもとでしばらく学問に精励せよ、と信玄に命じたのである。いよいよ信玄を他国へ遠ざけ、信繁を家督者に立てようというのだ。

信玄は、駿河行きを素直に承諾した。

この信玄追放の件を義元と談合すべく、信虎は先に駿河へ赴くことにした。嫁《とつ》がせたむすめと義元との間に生まれた孫の顔も見たかった。

信玄は、まさにこの時機《とき》を待っていた。密書を義元のもとへ送ったのである。

「父はそれがしを庶子に落とし、信繁を惣領に立てるつもりにあられる。しかし、このことは、御後見の義元公のお考え次第で決まるものと存じまする」

土壇場で泣きついてきた信玄の器量を、義元はみきわめた。やはり、うつけ者であった、と。

だが、隣国の国主は、うつけ者のほうがよい。信玄をわが意のままに操り、やがては臣属せしめて、甲斐を乗っ取るという計画が、一瞬にして頭に浮かんだ。

義元は信玄に、同心する旨を伝えた。

かくて、信虎が駿府へ赴いている間に、甲府では信玄と板垣信方、飯富兵部《おぶひょうぶ》らの一味が謀叛を起こし、ここに国主交代劇を現出せしめたのである。信虎に随行の者たちも、国元で妻子が人質にとられた恰好だったので、ただちに信虎を見限って帰国し、信玄に臣従を誓った。

信玄は、鬼鹿毛所望の一件で、賢《さか》しらな言動は、おのれに災いをもたらすことを学んだのに違いない、と勘助は察した。

いちど学べば、同じ過ちを繰り返さないばかりか、これを逆手にとるあたりが、信玄の才気というべきであろう。八年もの間、うつけをよそおいつづけた忍耐も特筆に価《あたい》する。

仕上げに、東海の太守までまんまとひっかけたのだから、まことに鮮やかというほかはない。

勘助は、是が非でも、武田信玄に仕えたいと切望しはじめる。永年の廻国修行の間でも、これほど心ひかれる武将は、ひとりもいなかった。

勘助は、思うところあって甲府へ入ると、躑躅ケ崎館《つつじがさきやかた》とよばれる信玄の居館を、毎夜ひとりで見張りつづける。

幾夜を待ったことであろう、期待していたことが、ついに起こった。

総身を柿色の装束に包んだ忍びの者が、ひそやかに濠《ほり》を渡り、塀を乗り越えて、躑躅ケ崎館へ侵入したのである。三名であった。

信虎追放の荒療治や、その後の信濃出兵などによって、信玄を恨む者は諸方に少なくない。そうした誰かが、刺客を放つことは充分に予想できたのである。

距離をとって刺客どもを追尾した勘助は、かれらが信玄の寝所へ這入《はい》ったところで、後ろから襲いかかり、いずれもひと太刀で仆《たお》してしまう。

「大儀」

いささかの動揺もみせず、信玄はそう言った。刺客を怖がるくらいなら、乱世の国主になど、はなからなっていない。

ただ信玄が大儀と言ったのは、勘助を宿直《とのい》の者と思ったからである。

本物の宿直番が跳び込んできて火明かりを近寄せたとき、信玄は初めて、命を助けてくれた者の顔を見た。

「山本勘助であろう」

どうして知っているのか。勘助は面食らった。が、それも一瞬のことである。

考えてみれば、勘助が寄食する庵原安房守は、武田の重臣たちとも交誼《こうぎ》がある。勘助のことが話題になったとしても不思議ではない。そこから信玄の耳に入ったものであろう。

「噂どおり、ききしにまさる醜き面体《めんてい》よの」

信玄の口調に、侮蔑や嘲《あざけ》りの響きはまったくない。単純に勘助の醜貌に感心したようである。

「策士じゃな、勘助」

と信玄が、若々しいおもてに、意味深げな笑みを浮かべたので、勘助は看破されたと観念した。

「ご慧眼《けいがん》。恐れ入り奉りまする」

勘助が曲者《くせもの》を発見しながら、これをすぐに捕らえもせず、また夜番へ通報もせず、おのれも館へ侵入してわざわざ信玄の寝所まで闘いの場を持ち込んだことを、信玄に見抜かれたのであった。

しかし、そうでもしなければ、勘助のごとき何の戦功もない無名の牢人が、一国のあるじに目通りできる機会は容易に得られぬ。醜き面体という決定的に不利な条件を背負った身であれば、なおさらのことであろう。

「よいわ。名もなき士が、世に出んと欲すれば、謀《はかりごと》を用いることに何の憚《はばか》りやある。そのほうの兵法、しかと見届けたぞ」

「は。まことに拙《つたな》きものを……」

勘助は穴があったら入りたかった。

「命の恩人じゃ。三百貫とらす。十日のうちに容儀を調《ととの》えて奉公いたせ」

夢ではないか、と勘助は疑った。海のものとも山のものとも分からぬ牢人者に、いきなり三百貫とは、破格というほかない。

勘助は謝辞さえ陳べぬ。とめどなく溢れる涙と嗚咽《おえつ》のために、言葉が出なかったのである。

(おれは、この御方に天下をとらせる)

山本勘助、五十一歳にして初めて訪れた春であった。

三

信玄は、猛将信虎でも失敗に終わった信濃進出に野心を燃やし、すでに妹の婚家である諏訪《すわ》頼重を滅ぼしたが、そのことが諏訪衆だけでなく、信濃のあまたの群雄の反感をかって、信州攻略を頓挫せしめていた。

もともと諏訪家は、大国主命《おおくにぬしのみこと》の子建御名方命《たけみなかたのみこと》の子孫という、いわば神裔《しんえい》として、諏訪神社の大祝《おおはふり》をつとめ、祭政一致で諏訪地方一円を幾世にもわたって支配してきた名家中の名家。いまや群雄のひとりとして世俗に塗《まみ》れてはいても、この諏訪家に対する信濃武士の思いの中には、おのずから尊崇の念があったのである。

「まずは武田の威を示すべし」

と勘助は信玄に進言するや、わずか半月余りの間に、信濃の城を九つも攻略するという離れ業《わざ》をしてのけた。仕えたその年の内のことである。

高禄で召し抱えられた無名の老いた醜男《ぶおとこ》を妬《ねた》み、侮り、憎みすらしていた甲州武士たちも、一挙に勘助の軍才を認めないわけにはいかなかった。と同時に、信玄の人を観る眼のたしかさに、家中は恐れ入ってしまう。

「つぎは、諏訪衆の行く末に光を投げかけるが肝要」

勘助は信玄に、諏訪頼重の遺児である息女を側室として召すことを、強くすすめた。

これに対し、家を滅ぼし親を殺した男の妾となれば、諏訪の姫はお屋形《やかた》の寝首を掻《か》くに相違ないと重臣こぞって反対したが、信玄は勘助の意見を容《い》れる。

勘助は、やがて生まれる男児に諏訪氏の名跡を嗣がせる、と信玄に宣言させることも忘れなかった。

これで諏訪武士の懐柔に成功した信玄は、信濃侵攻の橋頭堡《きょうとうほ》を得たといってよい。

諏訪の領民にすれば、信玄の強さと慈悲心とを、一時に見せつけられた思いであったろう。勘助の狙いもそこにあった。国を奪ったところで、領民の心を獲《え》られなければ、何の意味もないのである。

一日《いちじつ》、躑躅ケ崎館で観能の酒宴が開かれた。

それまで勘助は、宴席に列《つら》なることを遠慮してきた。わが醜貌を眺めながらでは酒も不味《まず》かろう、と周りを気遣ったからである。

その日ばかりは、信玄が勘助の欠席をゆるさなかった。

「今宵は女たちも列なる。足軽大将の身で、あるじの室の顔も知らぬでいかがいたす」

信玄の正室は、三条の方と敬称されていた。権大納言三条公頼《きんより》の息女である。三条家といえば、摂家に次ぐ家格の清華のひとつで、幾人かの天皇の生母を輩出したほどの高貴の家柄であった。その家の息女が坂東武者に嫁ぐなど、世が世ならありえぬことだが、乱世では朝廷公家の貧窮甚《はなは》だしく、かれらは有力戦国大名の援助がなければ、おおげさでなく餓死するやもしれぬ。つまり、三条の方に限らず、こうした公家の姫君の武家との婚姻は、言葉を代えれば人身御供《ひとみごくう》も同然なのである。

三条の方は大層美しいと聞いているだけに、勘助はその前に出るのが辛《つら》かった。関わりなき女性《にょしょう》ならば、怖がられても不気味がられても無視すればよいが、終生の主君と思い定めた信玄の妻に不快の思いを抱かれることは、あまりに堪えがたい。

しかし、主命には逆らえぬ。その夜、勘助は酒宴の座についた。

「これが噂の山本勘助じゃ」

御前に平伏する勘助を、信玄はそんなふうに三条の方へ紹介した。

「おもてを」

夫人の声に、勘助はおそるおそる顔をあげてゆく。早くこの場から逃げたいと思いながら。

勘助自身、信じがたいことだったが、三条の方と視線を合わせた刹那《せつな》、その美しき顔容《かんばせ》が妙心寺の童女の俤《おもかげ》と重なった。

（まさか）

と否定の思いも湧かぬ。間違いないと確信した。

なんという因縁であろう。目眩《めまい》をおぼえた勘助だったが、床につけた両拳に辛うじて踏ん張らせた。

しかし、三条の方はおぼえていまい。あのときの童女は六、七歳で、ほんの束の間の出会いであった。いかに勘助が特異の風貌とはいえ、忘れ去ってしまうほうが自然であろう。そう勘助は思わずにはいられぬ。

三条の方は、おもてに不快の色などまったく示さず、むしろ微笑を湛《たた》えて、勘助を瞶《みつ》め返している。

（もしや……）

三条の方も妙心寺の参道を思い出したのではないか。

「信濃ではよいお働きとのこと。いよいよ武田のために尽くしてたもれ」

「ははっ」

呻《うめ》くような返辞をして、ふたたび、ひれ伏すのが精一杯であった。何か言葉を発すれば、一緒に心の臓まで口から飛び出すような気がしたのである。

その日から、夢にも現《うつつ》にも三条の方の姿が過《よぎ》っては消えることなく、勘助を悩ませつづけた。

奥向きの掛かりならば別だが、武官たる勘助は、むこうからお召しがない限り、三条の方と再度、対面できる機会はあり得ぬ。また、三条の方が勘助に用向きなどあろうはずもない。

勘助は、悶々《もんもん》とした日々を送る。主君の奥方に恋情を抱くとは、万死に価する不忠のきわみと知りながら、それでも吹っ切ることができなかった。

折しも、信玄は信濃侵攻作戦を加速度的に推し進めはじめた。勘助という得難き兵法家を麾下《きか》に加えたことも、信玄の自信につながっていたであろう。

しぜん勘助も、多忙をきわめ、一年の大半を戦陣で過ごすようになった。戦略・戦術ばかりか、築城術にも優れる勘助は、新しき城の縄張りはもとより、高遠《たかとお》城など奪取した城の改修も多く手がける。

「よう働くわ」

武功の度重なる勘助に、信玄は知行五百貫を加増した。仕官から四年目のことである。

勘助は後ろめたい。なぜなら、遮二無二働きつづけるのは、むろん信玄の役に立ちたいがためでもあったが、それよりも三条の方を忘れねばならぬ、という思いのほうが強かったからである。働きつづけているうちは、俤を思い出さずに済んだ。それで、なおさらに働いた。

その結果、加増を賜ったのでは、信玄を裏切ることになる。勘助は、自責の念にとらわれずにはいられなかった。

「お屋形。もはや分不相応にござりまする。向後《こうご》、この勘助めがいかなる手柄を樹てようと、報奨は無用と思《おぼ》し召されまするよう」

「なにゆえじゃ、勘助」

「それがし、ご覧のとおりの醜貌と、牢浪の歳月長きによって、知らず知らず賤《いや》しき心をもつようになりましてござる。このうえのご加増あらば、増長いたして賤しき心が露《あらわ》になり、不忠の野心を起こすは必定《ひつじょう》。さように下劣なる者に堕すおのれを、それがし、見とうはござり申さぬ」

「勘助。予《よ》は果報者よ」

「勿体《もったい》ない」

このときの都合八百貫を最後に、二度と勘助が加増されることはなかった。ただ武田の部将中、信玄に信頼されること、一頭地を抜く存在でありつづける。

信州全土の攻略というのは、さしもの勘助が想像を絶するほど厄介であった。これは山岳の国に共通の特色といってよいが、その地形ゆえに、古来より大小の国人・土豪が夥《おびただ》しく割拠し、互いに小競り合いを繰り返している。ところが、いったん大敵に遭遇するや、手を結び合って頑強に抵抗するという、厄介な性質をもつ。そのため武田は、各個撃破の山岳戦を強いられた。

それでも、信濃佐久郡において、徹底抗戦しつづけていた笠原氏を大軍の総攻撃をもってようやく滅ぼした武田勢は、北上して小県《ちいさがた》へ軍をすすめる。

三条の方が病床に伏したのは、この年の晩秋のころであった。

ちょうど甲府に戻っていた勘助は、それとなく周囲に夫人の病状を訊《たず》ねたが、信玄が妻の身を案じるようすもなく、むしろどこか冷淡な態度をみせていたので、

（やはり、まことであったか……）

と躑躅ケ崎館から洩れる噂を、信じないわけにはいかなかった。

信玄は、諏訪御寮人を側室にあげてより、心をそちらへ移し、いまや三条の方を疎《うと》ましく思い、その閨《ねや》を訪れることも久しくないという。そればかりか、諏訪御寮人との間に昨年誕生した四郎を嘗《な》めるように可愛がるのに、三条の方が産んだ十歳の嫡男・太郎義信にはそっけない。

信玄の好色はいまに始まったことではないし、また大名が側妾をもつのも咎《とが》められるべきことではない。だが、それにしても、京育ちの公家の姫君でありながら、寄る辺なき東国で、荒々しく血腥《ちなまぐさ》い武者どもに囲まれて暮らさねばならぬ三条の方を、いささかでも気遣う心を示すのが良人《おっと》ではないのか。

そう信玄を恨むと同時に、勘助はみずからもまた責めた。諏訪御寮人を側室にするよう進言したのは、誰あろう勘助であったのだから。

三条の方が病に冒されたのは、心労のために違いない。

（おれは何ということを……）

居ても立ってもいられなくなった勘助は、一夜、躑躅ケ崎館の主殿へ忍び入り、三条の方の寝所へ天井裏よりひそやかに下りた。

短檠《たんけい》の火を灯《とも》したままの部屋で、三条の方は、微《かす》かに眉をひそめ、喘《あえ》ぐような寝息をたてて睡《ねむ》っていた。その苦しげな表情が、勘助の心を苛《さいな》んだ。

勘助は、首から下げた小袋より摩利支天座像を取り出すと、それを三条の方の枕元へ置いて、合掌した。控えの間の宿直番に気づかれぬよう、無言の誦経《ずきょう》である。

そうして小半時《こはんとき》ばかり過ごしたあと、勘助は闇の中に消えた。

翌朝、からだも軽く、気分のよい目覚めを迎えた三条の方は、ふと枕元を見やって、窶《やつ》れたおもてを、久方ぶりに輝かせた。

（勘助……）

酒宴の席で再会した瞬間、三条の方もまた気づいていたのである。童女時代、妙心寺の参道で出遇った心やさしき男であることに。

枕元に横たえられていたのは、紅葉の美しい楓の一枝であった。

四

信玄が諏訪御寮人を溺愛し、三条の方を軽んずること、一向に熄《や》まなかった。

その罰があたったのでもあるまいが、信玄は、北信濃最強をうたわれた村上義清に、上田原で大敗を喫する。板垣信方、甘利虎泰ら信虎以来の名だたる部将以下、七百名余りを失い、信玄自身も左腕に槍をつけられるという惨憺《さんたん》たる戦いであった。

これによって、信濃の諸豪族は勢いづき、すでに武田に降伏していた者たちも、義清に呼応して信玄に叛旗を翻す。中部信濃の盟主小笠原長時などは、ただちに諏訪へ乱入した。

信玄は、信濃制圧どころか、一転して、この国から駆逐されるやもしれぬ瀬戸際へ追い込まれたのである。

こうした苦境下で、逆転の発想をできるのが勘助であった。

「お屋形。小笠原を討つ絶好機にござりまするぞ」

勘助の策戦を諒《りょう》とした信玄は、甲斐と信濃の国境に滞陣し、戦備に手間取っているごとく見せかけ、その実、騎馬軍団をひそかに出発させて、塩尻峠に集結する小笠原軍を未明に叩いた。

この塩尻峠の大勝によって、信玄は劣勢を一挙に挽回する。

ところが、翌々年、小笠原氏の本拠信濃府中を占領した信玄は、その勢いを駆って、村上義清を小県郡戸石《といし》城に攻めるも、これを落とすことができず、兵を退いた。その退却戦において、ふたたび、世に「戸石崩れ」とまでいわれた敗北を味わうのである。

しかし、村上氏にしても、武田という強敵とのうちつづく合戦に、疲弊しきっていた。

「ここは辛抱がご肝要」

勘助に励まされた信玄は、得意の調略をもって信濃の諸豪族を靡《なび》かせて、じわりじわりと村上義清を追い詰め、ついには国外へ追い落とすことに成功する。

そのころも勘助は、依然として、三条の方への恋情に懊悩《おうのう》していた。というのも、あの楓の一枝を枕元へ残した夜以来、勘助は幾度も三条の方の寝所へ忍び込み、これをやめることができなかったからである。

むろん、深夜のことで、三条の方は眠っており、言葉を交わしたことはない。ただ寝顔を眺めるだけで、勘助は陶然とした。安らかな睡眠とみれば安堵《あんど》してすぐに引き揚げ、何か苦悶しているようすならば病魔退散の誦経をあげてから消える。

（このうえは……）

勘助は剃髪《ていはつ》を決意した。形のうえだけでも出家すれば、否応なく煩悩を断ち切れるのではないか。

あたかも信玄の招きで、美濃の高徳の禅僧が甲斐恵林寺《えりんじ》に入室すると聞いたので、道号を授かることにした。恵林寺へ赴いた勘助は、しかし、禅僧快川紹喜《かいせんじょうき》と対面するや、恥ずかしさのあまり、ぬかずいてしまう。

美濃守護土岐氏の出身で、京都妙心寺二十七世仁岫宗寿《にんしゅうそうじゅ》の法嗣となり、また美濃崇福寺にも住した快川和尚こそ、かつて京で追剝に堕した勘助が襲わんとして、かえってその品格に圧倒された若き僧と同一人であった。

「ご立派になられましたな」

勘助を記憶していた快川は、その願いを快諾し、幼きころ鬼子と蔑《さげす》まれていたとい

う勘助の告白を聞くと、あえて、

「道鬼《どうき》」

と授号した。

「世俗の人々が、異形《いぎょう》のものを恐れるは自然なることで、これを咎めることはできぬ。なぜ恐れるかと申せば、自分たちと異なる姿をもつものは、人知を超えた異なる力を秘めると信じるがためにござる。なればこそ、異形のものを鬼とよぶ。勘助殿のように、五体に不足のまま生まれた子を鬼とよぶのも、同じ理由と思われよ」

「では、それがしは、この世のものならぬ力を秘めるとの仰《おお》せであろうか」

「さよう。勘助殿なれば、必ずや兵法の道をきわめる鬼となられることでありましょう」

勘助は、感激した。おのが醜貌と不具に、生まれて初めて光をあてられたというべきであろう。

一代の名僧快川紹喜と、稀世の軍師山本勘助が親しんだのは、これが最初で最後のことであった。快川は、甲斐に一年滞在しただけで、美濃へ帰国してしまったからである。快川が恵林寺へ戻ってくる十年後、勘助はすでにこの世の人ではない。

快川の言葉を糧《かて》として、勘助は信玄のために一層励んだ。出家しても三条の方への想いは断ちがたかったが、寝所へ忍び入ることだけは、辛うじて思い止《とど》まる。

一方、信玄は、村上義清追放で、信濃のほぼ全土を掌中に収め得るはずであった。あの男さえ越後から出てこなければ。

村上義清や小笠原長時ら、信玄に駆逐された信濃武士たちがたのみとした男こそ、長尾景虎《かげとら》、のちの上杉謙信だったのである。

謙信は、信玄より九歳下の若年にもかかわらず、いくさ上手として名高く、居城春《かす》日山《がやま》城に関東管領上杉憲政《のりまさ》を迎えて、その旧領回復のために至誠をもって尽くす無欲の武将であった。

南信濃と中部信濃を支配下においた信玄だったが、北信濃だけはどうしても版図《はんと》に入れることができぬ。信玄が北信濃へ出陣するたび、謙信もこれを阻止すべく出撃してくるからであった。

正面からまともにぶつかることは、双方ともに避けた。東国で兵の強悍《きょうかん》さでは一、二を争う甲州兵と越後兵が大会戦に及べば、夥しい数の死傷者が出ることは、火を見るより明らかなのである。

善光寺平《ぜんこうじだいら》が、常に両者の睨《にら》み合い、あるいは局地戦の舞台となった。

武田勢にとって厄介だったのは、甲府から善光寺平までの距離が、春日山から同地までのそれに倍することであったろう。長駆遠征軍は不利である。

しかも敵の謙信は、村上氏ら北信濃の領主たちの土地を奪った極悪人の信玄を懲らしめ、かれらの旧領を奪回するという目的のみで出てきて、いくさが了《お》われば、越後勢を駐留もさせず、さっさと引き揚げてしまう。そのため謙信の基盤となる兵力は分散されず、いつも団結しているので、信玄得意の調略の機会すら見いだせぬ。

利を無視し、義によってのみ動く稀代のいくさ人《びと》、上杉謙信を敵に回したことが、信玄・勘助主従の生涯の不運だったというべきではあるまいか。

信玄は、信濃征服に、ようやく疲れの色をみせはじめた。このままでは、わずか信州一国の奪取に腐心するのみで、武将の一生を畢《お》わってしまう。

信玄は、女体に憩いを求めた。

正室三条の方のそれではない。溺愛した諏訪御寮人を病で喪《うしな》った信玄が、その後に睦《むつ》んだのは、油川《あぶらかわ》氏や禰津《ねつ》氏のむすめなど、やはり若き側室たちの女体であった。

勘助は、三条の方の日々の辛さを想わずにはいられぬ。

（御台《みだい》さまばかりに、なぜ悲運は重なるのか……）

三条の方の悲劇は、良人の心が離れてしまったことだけではなかった。嫡男義信も信玄と心が通い合わず、次男の信親《のぶちか》は生まれついての盲目で、三男信之にいたっては早世させている。そして、父三条公頼が周防《すおう》の大内氏を訪ねたとき陶晴賢《すえはるかた》の謀叛に巻き込まれて殺害されたことを、よほど後《おく》れて知った。

三条の方に心愉《たの》しきことなど、何ひとつないではないか。

勘助は、いまひとたび、三条の方の寝顔を見たいと思った。摩利支天の力と、わが誦経をもって、お心の痛みも憂いも取り払って差し上げたい。

善光寺平への出陣が、明日に迫っていた。上杉謙信との四度目の対決である。

勘助は、みずから禁を破って、三条の方の寝所へ忍びやかに向かった。

（お屋形……）

寝所の天井裏から勘助は、信玄の姿を捉えた。端座する三条の方を、睨み下ろしている。

「情のこわい女子《おなご》よ。幾年《いくとせ》、しらをきりつづけるつもりか」

「心に疚《やま》しきことは、何ひとつございりませぬ」

「心になくとも、からだにはあろう」

「妻を辱《はずかし》めるのが、坂東武者のならいにございりまするか」

三条の方の頬が鳴った。信玄の平手を浴びたのである。

三条の方は泣かぬ。良人を睨み返した。

「紅楓子《こうふうし》か……。おそらく貧乏公家の成れの果てでもあろう。好きにいたすがよい」

あきらめたように吐き捨てて、信玄は寝所を出ていった。

遠ざかる足音が消えてもなお、三条の方は涙を怺《こら》えている。

見てはいられなかった。勘助は、天井裏で物音を立てぬよう仰向《あおむ》けになると、声を殺して泣いた。紅楓子という言葉で、一瞬にしてすべてを察したのである。

（大ばか者めが。勘助の大ばか者めが）

十五年前、宿直の者も知らぬ間に、三条の方の閨に紅葉した楓の一枝が残されていたことを、おそらく諏訪御寮人の侍女あたりが知って、そこから歪曲《わいきょく》されて信玄の耳に入ったのに相違なかった。

良人が側室にばかり足を運ぶので、孤閨《こけい》を余儀なくされた正室は、肉欲を充《み》たすために男を引き入れたという醜聞であろう。謎の男に紅楓子とは、女どもが付けそうな名ではあるまいか。

信玄のことゆえ、他に洩れぬよう、即座に箝口令《かんこうれい》を布《し》いたことは疑いない。正室が密通を犯していたなどと余人に知られては、武田信玄ほどの者でも、終生の物笑いになる。

とすれば信玄は、実に十五年もの間、三条の方の密通を疑い、これを責めつづけてきたのであろうか。

勘助は、もっと早く気づくべきであった。男女のことに初心《うぶ》すぎる勘助ゆえの、取り返しのつかぬ大罪というほかあるまい。

天井板を隔《へだ》てて、下からすすり泣きが聞こえた。三条の方も怺えきれなくなったのだ。

(死にたい。おれは死んでしまいたい)

勘助は、腰の刺刀《さすが》を引き抜き、切っ先を喉首へあてた。

あてでから、はっとする。ここで死んでは、それこそ三条の方にあらぬ嫌疑がかかるではないか。

勘助は、三条の方が泣き疲れて寝入るのを、凝《じ》っと待った。

どれほど音をたてずにいたことであろう、三条の方の小さな寝息を耳にした勘助は、天井板をはずして閨に下りた。

短檠の明かりが、三条の方の肉の落ちた両頰の涙の跡を、くっきり浮かびあがらせている。妙心寺の童女の俤は、もはやどこにもなく、あまりに痛ましい。

枕元に平伏した勘助が、

「今生《こんじょう》のお別れにござりまする」

感極まって口走ると、

「勘助」

三条の方は、静かに瞼《まぶた》を押し上げた。気づいていたのである。

勘助は、動転し、平伏したまま、尻退がりに退がった。

「ご容赦。ご容赦を」

「何も申されまするな」

衣擦《きぬず》れの音がした。三条の方が立ち上がったらしい。

なおも衣擦れの音はつづく。

「勘助。見てたもれ」

命ぜられるまま、おもてをあげた勘助の隻眼に映ったものは、三条の方の白き裸身である。

おのれのめくるめく歓喜と悔恨、三条の方への愛と憐憫《れんびん》、信玄への仰望と憎悪。それらが綯《な》い交《ま》ぜとなって、勘助を虚脱せしめた。

やがて勘助は、首から下げた小袋を引きちぎると、中腰のまま両足を送り、三条の方の足元まですすんだ。一糸まとわぬ裸形を仰ぎ見て、小袋から取り出した摩利支天座像を捧げる。

「山本勘助、終生、御台さまをご守護仕《つかまつ》りまする」

声涙《せいるい》ともに下る勘助の遺言であった。

善光寺平の川中島《かわなかじま》の合戦で、武田軍は、後世に啄木鳥《きつつき》の戦法と名付けられた勘助の挟撃策戦によって動いたが、どう解釈しても下策というほかない。また、信玄ほどの野戦の上手が、いかに勘助の戦術とはいえ、これを採用したことも不可解である。

ただ勘助が鬼子だったことを思えば、納得できぬことではない。もともと、いくさの軍配術とは、吉凶占いのことで、これを行う者は余人の眼には玄妙不可思議の術者と映る。それが、異形のものとして、人知を超えた力を秘める勘助となれば、信玄以下、武田の諸将もその言葉を信じたであろう。いわば、託宣である。

そうして勘助という天才軍師が、上杉軍にたやすく看破される無謀を犯したとすれば、それはもはや、あえて犯したものに違いない。勘助は、甲越両軍合わせて、七千とも八千ともいわれる戦死者をだし、千曲川を血河に変えてしまうほどの苛烈な戦いを、みずから望んだのではないか。

おのれの死と、信玄の死のために。

川中島の壮絶な会戦の報が、躑躅ケ崎館にもたらされたとき、三条の方の朱唇より最初に放たれた短い一言は、

「勘助は」

であった。

討死と聞くと、三条の方は、瞑目《めいもく》して微笑んだという。手に小さな摩利支天座像を握りしめていた。

鬼子と童女が初めて結ばれたのである。

義輝異聞　丹波の黒豆

一

陽《ひ》はようやく西へ傾きはじめたばかりだが、老杉巨檜《きょかい》の鬱蒼とする山路は薄暗い。

しかし、その山路を上って往《い》く八十人余りの鎧武者《よろいむしゃ》たちの表情は、拓《ひら》けた場所へ出たとしても、薄暗いままであろう。

大半の者は、おどおどしたようすで、絶えず周囲へ視線をさまよわせながら、小走りに足を運んでいる。陣刀を胸元まで引き寄せ、柄《つか》へ手をかけたままの者も少なくない。

獣の啼《な》き声ひとつ、風のそよぎひとつに、すわ追手かと怯《おび》えて、それだけでも生きた心地がせぬ。

それが落人《おちうど》というものであった。

ましして、朝夕は冷え込む初秋の山間《やまあい》の険路を上り下りする肉体の辛さと、都落ちしてきたという精神的苦痛まで伴うとなれば、かれらの恐怖は、ひとかたではなかろう。

この一行は、昨日、百名余の人数をもって、船岡山を退《ひ》いたその足で、長坂越えで京見峠を経て杉坂へ達し、そこの小城で一夜を明かした。が、朝になると、二十名ばかり、城から消えていた。土壇場では、わが身第一となるのも、落人なればこそであろう。

頭上で、葉を揺らす音がした。

鳥が枝から飛び立ったのにすぎぬが、冷静にそれと判断できようはずもない。見苦しく右往左往する者が続出した。たがいにぶつかり合って、ひっくり返り、それで恐慌をきたして、刀をすっぱ抜く者もいる。

狭隘《きょうあい》な山路である。長々と一列縦隊を作っていた一行は、たちまち混乱に陥った。

「あああっ」

列の前のほうにいたひとりが、恐怖のあまり狂気を発したのか、抜き身を振り上げ、何やら叫びながら、道を駆け戻りはじめた。双眼を血走らせている。

誰もが、怖《おそ》れて、身を避《よ》ける。

「御免」

列の半ばにいた長軀が、前の若武者にひと声かけてから、場所を入れ替えた。

長軀の上には、彫りが深くて、猛々しさと優しさの相半ばする太い眉の印象的な顔がのっている。

将軍家武芸師範、朽木鯉九郎《くつきこいくろう》であった。

(何者か……)

鯉九郎は、こちらへ一散に駆け下りてくる狂気の男に、不審を抱いた。都落ちの一行に、昨日は加わっていなかった顔である。

男が迫る。鯉九郎は、看破した。あれは狂気を装《よそお》っているにすぎぬ。

(刺客)

長軀を沈めた。その腰に佩《は》かれた一剣が鞘《さや》を滑り出て、突き上げられ、男の喉首を刺し貫いた。

同時に、背後でも断末魔の悲鳴が噴きあがっている。振り返った鯉九郎の眼は、残心の構えをとる若武者の姿を捉えた。

武門の公達《きんだち》はかくあるべし。そう惚れ惚れさせずにはおかぬ凜々《りり》しい眉目《びもく》の若武者は、愛刀大般若長光《だいはんにゃながみつ》の刀身を、斬り伏せた対手《あいて》の袖で拭《ぬぐ》ってから、静かに鞘へおさめた。

足利十三代将軍義藤《よしふじ》、十八歳。のちに義輝《よしてる》とあらため、世に剣豪将軍とよばれる。

ようやく我に返った余の者たちが、

「公方《くぼう》さま」

と義藤のほうへ近寄ろうとするのを、

「寄るな」

鯉九郎は叱咤して制した。

「見慣れぬ顔があるや否や、おのおの、たしかめられい」

道の上から幕府奉公衆筆頭の上野民部大輔信孝が、下から前管領《かんれい》の細川六郎晴元が、あたふたと馳せつけてくる。六郎晴元は、いまは入道して、心月一清と号す。

その両人へ、交互に一瞥《いちべつ》をくれて、鯉九郎は、小さく嘆息した。

（元凶のご両所よな……）

筑前守長慶《ながよし》を首長として京畿《けいき》随一の勢力にのし上がった三好一党と、長く敵対しつづける心月と民部が、こんどもまた、義藤の心事を一顧だにせず暴走した結果が、この都落ちである。

三年前、義藤の父で前将軍義晴は、逼塞《ひっそく》中の近江国穴太《あのお》で没したが、それをきっかけに政所《まんどころ》執事の伊勢貞孝が三好方へ寝返ったことから、事態は悪化の一途を辿《たど》った。

憤激した民部は、長慶と貞孝を亡き者にすべく、京へ暗殺者を送り込み、長慶に浅手を負わせることに成功する。

その後、河内随一の実力者遊佐長教《ゆさながのり》と、大和の筒井順昭が相次いで謎の死を遂げるが、いずれも長慶の姻戚であった。

それでも、南近江守護六角氏の調停により、いったん和睦の成立をみた。

心月は隠居出家し、その嫡子聡明丸の身柄を、長慶に預ける。見返りとして、聡明丸が元服したら幕府管領家を嗣ぐ。それが交わされた約定であった。

もともと、心月と長慶は主従関係にある。表向き、穏当な処置といえた。

幼い聡明丸の元服まで、十年前後の期間がある。それまでは、細川氏綱が管領家の跡目に立つことになった。氏綱は長慶の傀儡《かいらい》にすぎぬ。

ところが、隠居したはずの心月は、しばらく行方をくらました後、丹波勢を主力として兵を募り、さかんに長慶を刺激しはじめ、義藤へも密使をもって頻《しき》りに出京を促した。

どちらの味方をするつもりもない義藤は、自分の存在が洛中を戦場と化さしめることを憂え、東山の霊山城へ入った。だが、このことが、長慶の義藤への不信感を拭いがたいものにしてしまう。すなわち心月と呼応する準備ではないかと。

実際、義藤のまったく与《あず》かり知らぬところで、民部が心月に款《よしみ》を通じていた。その事実を突き止めた長慶は、民部ほか五名を君側の奸《かん》ときめつけ、かれらの助命と引き換えに、義藤の洛中御所への帰還を迫った。

いかに厄介な者たちでも、父祖以来の直臣《じきしん》が処刑されるのを黙過できるような冷酷さを、この若き将軍は持ち合わせていない。義藤は、霊山城を出て、洛中御所へ戻った。

だが、長慶の高雄出兵中の某夜、義藤は数名の刺客に襲われる。義藤が手強《てごわ》いとみたのか、刺客どもは、ほとんど斬り結びもせず逃げ去った。

かれらの正体の見当をつけるのは容易ではない。長慶と義藤が決裂したほうが好都合だと考える人間は少なくないので、疑えばきりがないのである。

この場合、敵も味方もない。なぜなら、足利将軍というものが、応仁の乱以来、有為転変が烈《はげ》しいために、周囲の人々も利害が逆転また逆転の連続という中におかれてきたからである。

洛中は危険すぎた。鯉九郎は、義藤を霊山《りょうぜん》へ再入城させる。

まるで、それに呼応したかのように、民部らの身柄を預かっていた摂津の芥川孫十郎が長慶を裏切り、心月もまた洛北から京へ進軍してきた。

「公方にたばかられたわ」

出兵中の長慶は、そう吐き捨てた。

事ここに至っては、義藤には手のほどこしようもない。あとは成り行きにまかせるほかなかった。

そうして義藤と長慶は、否応なく決定的な対立状態に入ったのである。

だが、義藤を擁する心月勢が、西京の小泉城包囲戦にいたずらに時を費やす間に、摂津芥川城攻めをしていた長慶が、矛先をかえて京へ戻ってきてしまう。その兵力二万五千は、心月勢の実に十倍近いものであった。

心月勢は、あっという間に潰乱した。

北野天満宮の北に位置する船岡山に布陣していた義藤が、百名余の供廻りと、丹波方面へ落ちたのは、昨日のことである。

「この者ども、今朝、杉坂を出立の折り、供を願い出た……」

義藤と鯉九郎の足許《あしもと》にころがる二つの死体を見て、民部が、怒りに身を顫《ふる》わせた。

杉坂城の城兵と思い込んで、民部は同行を許可したのであった。

「将軍家の御供廻りを命ずるに、素生《すじょう》をたしかめぬとは迂闊《うかつ》な」

心月が民部を咎める。

「お言葉ながら、心月どの。われらは落人にござる。いつ何時《なんどき》、何人《なんぴと》に襲われてもおかしくはない。まして、奉公衆でありながら、昨夜のうちに遁《に》げだした不届者もおる。難儀と知りつつ、供を願い出た殊勝の者を疑うなど、それがしにはでき申さぬわ」

「ほう。かつて筑前に刺客を差し向けた男の物言いとも思えぬ」

心月は、皮肉った。筑前とは、三好筑前守長慶のことである。

「いかに心月どのとて、お言葉が過ぎましょうぞ」

民部が陣刀の柄へ手をかけたが、

「やめい」

義藤の叱咤に、両人とも、はっと退《しりぞ》き、押し黙った。

「これは、あすなろうか、民部」

と義藤は、何を思ったか、路傍から天へ向かって真っ直ぐ伸びる檜《ひのき》の巨木の幹を叩《たた》いて、訊《き》いた。

「檜にございますが……」

民部は、訝《いぶか》りつつも、こたえる。義藤が檜をそれと分からぬはずがない。

「あすなろう公方でも、真実《まこと》の公方になれるか、六郎」

義藤は、心月を、幼いころから呼び慣れた六郎と呼ぶ。

一瞬、心月は、言葉に詰まった。

あすなろの木の語源伝承は、名もない木が、あの檜みたいに立派な木に「明日為《な》ろう」と言いつづけながら、ついになれずに生涯を終えるというものである。

将軍とは名ばかりで、真の将軍にはついになることがない。そういう義藤を京童《きょうわらべ》が哀れんで、あるいは嘲《あざけ》って、「あすなろう公方」と陰口を叩いていることを知らぬ心月ではなかった。

「お気に召されますな。京童は平安の昔より口さがないもの」

心月は、愛想笑いを返す。自身も、足利将軍を無力にし、おのれたちの権力闘争の道具に使っている徒輩のひとりという認識を、いささかでも持ち合わせているのか、そのおもてを、わずかにひきつらせていた。

すると、義藤が声をたてて笑ったので、心月も民部も、びくっとする。

「あすなろう公方とは、うまく付けたものだ。そう思わぬか、鯉九郎」

「まことに」

落人たちの中で、武芸と友情で結ばれたこの主従だけが、屈託なかった。

「六郎。民部。落人と思えば、心は怯えてささくれだつ。紅葉《もみじ》狩りとでも思うがよい」

丹波の山々には紅葉が早く訪れるが、それでも旧暦八月初頭では、葉はまだ色づかぬ。

しかし、義藤の笑顔と、その一言が、落人たちの心を落ち着かせた。

鯉九郎は、ひとり、心中で満足の笑みを洩らす。

（堂々たる武門の棟梁になられた……）

出会いより足掛け七年、鯉九郎は、自分が教授できることは、いまや何もないと思っている。

義藤の剣の天分は、千人、いや万人にひとりのもので、業前《わざまえ》において、すでに師匠の鯉九郎を凌ぐ。その剣への自信が、義藤の人物をも急速に巨《おお》きくしているのである。

（義藤公が真っ直ぐで、ひときわ力強い檜となられる日は、遠いことではない）

この日、義藤の一行は、縁坂峠を越えて、禁裏御料所の小野山荘に鎧を解いた。

二

「杉坂より紛れ込んだ刺客は、筑前守とはかかわりございますまい」

小野山荘の荘官の館《やかた》に落ち着いたその夜、鯉九郎が義藤へ言った。

「わしもそう思うておる。筑前守は六郎にさえ警固をつけた男」

三好長慶は、四年前に主君心月に謀叛して、その参謀の宗三《そうさん》入道を摂津江口に撃破したさい、弟の十河一存《そごうかずまさ》が心月を討つ前に、ひそかに護衛の兵を遣わして、その身柄を京まで安全に送り届けている。このとき長慶は、すでに細川氏綱を担いでいたのだから、戦闘中にわざわざ危険を冒して敵の総大将の生命を護《まも》らねばならぬ理由はなかった。

その後、今日まで心月の長慶への挑戦は熄《や》まぬが、長慶はいまもってこれを殺そうとしたことがない。

世間は、主殺《しゅう》しに狃《な》れている。今さら実力者長慶が没落の名門の心月を殺したところで、驚く者もおるまい。それどころか却《かえ》って、心月を生かしておくばかりに争乱が絶えないわけで、三好の諸将の中には、これを不満とする者が少なくなかった。

「筑前は旧《ふる》いものを毀《こぼ》つのをひどく懼《おそ》れる。教養がありすぎるのやもしれぬ」

義藤は、長慶のことをそんなふうにみていた。なかば同情的な見方である。

実際、三好長慶という男は、桁外れの勇猛さだけで乱世を駆け抜けた曾祖父之長《ゆきなが》や父元長とは性格が違う。長慶は、武人としての能力もさることながら、思慮が深く、よく仁恕《じんじょ》を顕《あら》わし、禅を学んで、連歌に才能を示した一流の文化人でもあった。主殺しの汚名だけは着たくない。そんな男が、山中へ逃走したのを追跡してまで将軍の命を奪おうとする攻撃的気持ちを、持ち合わせているはずはない。将軍殺しなどすれば、長慶の精神は破綻をきたすであろう。

「なれど、大樹《たいじゅ》」

と鯉九郎が言う。大樹は、将軍に対する呼びかけのひとつである。

「筑前守麾下《きか》の中には、独り決めに大樹のお命を狙《ねら》い奉る奴輩《しゃつばら》がおりましょう」

「松永弾正《だんじょう》か」

「御意《ぎょい》」

長慶の懐刀《ふところがたな》の弾正は、五年前にいちど、独断で義藤へ暗殺団を差し向けたことがある。

洛東法観寺の五重塔の内で、凄絶な闘いの末、義藤・鯉九郎主従が、弾正派遣の暗殺者をことごとく斬り倒した。義藤の初めての斬人は、このときのことである。

その後、弾正は、三好一党内での立場を強固なものとすることに専心したのか、対義藤については鳴りをひそめているが、長慶の麾下で最も危険な男であることに変わりはなかった。

「弾正のことゆえ、先を見越して、途々《みちみち》、伏勢をひそませておるやもしれませぬ」

義藤たちは、丹波から、京のはるか北方を大迂回して、近江へ逃れるつもりでいる。嶮岨《けんそ》な峠と谷の連続する難路で、あと二、三日をみなければならぬ。

「きょうの刺客は、弾正の手の者と決まったわけではなかろう。さほど案ずることもあるまい」

義藤は、気にするふうもない。

「大樹。よしんば伏勢もなく、また追手もかからぬと致しましても、土民の落人狩り、あるいは山賊追剝《おいはぎ》に出遇わぬとも限りませぬ。くれぐれもご油断なきよう」

義藤が、くすっ、と破顔《わら》った。

「大樹。お笑いあそばされるようなことではござり申さぬ」

「そうではない。鯉九郎みたいなわがまま者でも、三十路《みそじ》に達すると分別が出る。それが可笑《おか》しいのだ」

「大樹とご一緒では、分別をもたねば、命がいくつあっても足りませぬからな」

三

鯉九郎が退がってしばらくすると、手燭をもって、義藤の寝間の前に立った若い女がいる。

廊下に座す宿直番《とのい》たちが、誰何《すいか》した。

「公方さまをお慰め申しあげよと、あるじより命ぜられてござりまする」

酒肴をのせた膳を捧げた女は、白い寝衣姿である。あるじというのは、この館の荘官のほかにありえぬ。

宿直番たちは、ご無礼仕る、と女のからだを検《あらた》めた。旅寝の貴人に夜伽《よとぎ》の女を差し出すのは、古来よりの俗習だが、いまは非常の際で、万一ということもある。刃物を忍ばせておらぬかどうか、確認したのである。

「通られよ」

ちょうど義藤は、床に就くところだったが、女の姿を認めて、ちょっと困ったような表情をした。

燭台の明かりの中へ入ってきた女は、将軍へ差し出されるほどゆえ当然のことだが、美しかった。

だが、手弱女《たおやめ》という印象ではない。眼に強い光を宿し、手足が伸びやかで、野性の消えぬ風情がある。義藤の好む女性《にょしょう》といえよう。

今夜の義藤は、しかし、そういう気分になれぬ。疲れてもいたし、風の音にも怯える家臣らのことを思うと、ひとり快楽《けらく》に身を委《ゆだ》ねるわけにはいかなかった。

「酒肴は頂戴いたそう」

と義藤は言った。

「わたくしをお気に召されませぬのでござりましょうや」

女は、義藤に拒否されたことを、察したらしい。この場合、それは屈辱である。

「辱《はずかし》めるつもりはないのだ。落人の身は、気が立っておる。そなたにやさしゅうできぬ」

「では、荒々しゅうお抱きあそばしませ。そのための夜伽にござりまする」

さすがに、若い義藤はどきりとした。女を知らぬ身ではないが、これほどあからさまな挑発をされたのは初めてである。

(浮橋《うきはし》なれば、どうあつかうか……)

いささか窮した義藤は、愛すべき忍びの布袋《ほてい》さまに似た福相を思い浮かべた。

浮橋は、近江朽木谷に伝わるという判官流忍びの術者で、鯉九郎の十数年来の股肱《ここう》である。鯉九郎とともに義藤に仕えるようになってからは、義藤を生涯の主君と思いきめて、命懸けの奔走をしている。

ちかごろは、鯉九郎の下命により、諸国の群雄の実力を探っているようだが、義藤に女のあつかいかたを教えてくれたのは、この浮橋なのである。

「しばらく、酒のあいてをしてくれぬか」

義藤は、膳から盃をとりあげた。挑発をひとまず躱《かわ》した恰好であった。

「はい」

女は、素直に応じて提子《ひさげ》をとり、盃を充《み》たした。唇許《くちもと》に、微《かす》かな笑みが刷《は》かれている。

侮られたか、と思わぬでもない義藤だったが、それでもかまわなかった。

「閨《ねや》ではしょせん、男は女には敵《かな》わぬものと思《おぼ》し召されることですわい」

という浮橋の教えが蘇《よみがえ》ったからである。

「これは……」

と義藤は、細長い肴《さかな》をひとつ摘《つま》みあげ、まじまじと眺めた。

「丹波の黒豆にござりまする」

義藤は、丹波の黒豆を食べたことはあるが、それは正月の膳にのせられる、莢《さや》から出された煮豆である。莢豆は初めてであった。

「旬《しゅん》ではなかろう」

「実が熟すのは、寒うなりましてからなれど、実の太りはじめのいま時分、こうして食すのもおいしゅうござりまする」

義藤は、莢ごと含んで噛み、中の豆を口中へ押し出した。

甘い。からだが疲れているせいだろうか、甘味は、舌を蕩《とろ》けさせ、そこから全身へ回っていくかのようであった。

「旨《うま》い」

義藤は無邪気な声をあげた。

「お悦《よろこ》びいただき、るいはうれしゅうござりまする」

名をきかずに済まそうと思っていた義藤だが、女のほうから名乗ってしまった。名乗られて、何もせずに追い返しては、それこそ義藤は女を辱めたことになる。

（こまったな……）

そう思った瞬間、手から盃を落とした。

それは、義藤の意思とは関係なく、勝手に落ちたかのようであった。

五体から感覚が失《う》せている。一盃も干さぬうちから、これほど急激に酔うはずはない。が、もう何も考えられぬ。そのまま夜具の上へ、ごろりと横倒しになる。

帯の解かれる音を耳にしながら、義藤は気を失った。

四

翌朝、目覚めたとき、るいの姿はなかった。狐につままれたような不可解さである。

朝餉《あさげ》の折り、挨拶に出てきた館のあるじが、床にひたいをこすりつけた。

「昨夜の不調法、何卒《なにとぞ》お赦《ゆる》しくださりまするよう、伏して願い上げ奉りまする」

不調法と言われても、義藤には返辞のしようもなかった。盃を落とした後の記憶がまるでないのである。

「夜伽を申しつけた女は、あろうことか、公方さまのもとへ参上いたす前に寝入ってしもうたのでござりまする」

あるじは、夜伽を命じた女が、勝手に寝入ってしまって、義藤の部屋を訪れなかったことを謝っているらしい。

奇妙なことと言わねばなるまい。女は、義藤の部屋を訪ねている。

「るいと申す女子《おなご》か」

「左様にござりまする」

「よんでくれぬか」

「ご容赦下さりませ。るいも、他意あってのことではござりませなんだ。ほんとうに睡《ねむ》とうて……」

「咎《とが》めようというのではない。見目《みめ》をたしかめたいのだ」

それで座を立ったあるじが、ほどなく伴《つ》れてきた女は、なよやかで寂しげな容貌の持ち主で、昨夜のきりりとした女とは似ても似つかぬではないか。

義藤は、ばつが悪そうに、小鼻の脇を掻いた。

「いかがあそばされましたか、大樹」

ひとり同座の鯉九郎が不審を口にする。

「あの女子、俗習を巧みに利したものよ」

「は……」

訝る鯉九郎へ、義藤は、あるじと女を退がらせてから、昨夜の一件を包み隠さず打ち明けた。

「なるほど……。睡《ねむ》り薬は黒豆に塗っておいたのでござりましょう」

「旨い黒豆であったが……」

「女は、忍びやもしれませぬ。忍びの調合いたす毒薬のたぐいは、念の入ったもので、看破するのは至難」

　それにしても、と鯉九郎は首を傾《かし》げる。

「女の狙いが分かり申さぬ……」

　おそらく、るいを騙《かた》った女は、本物のるいをやはり睡り薬か何かで睡らせてから、義藤の寝間へ向かったのだろうが、そこで露顕していれば、刺客とみられて即座に斬り殺されたはずだ。

　それほどの危険を冒してまで、義藤とまみえたのに、女のしたことといえば、義藤を睡らせただけである。つまり、刺客ではない。

「大樹。畏《おそ》れながら、ひとつお訊《たず》ねしたき儀が……」

「それが、わしにも分からぬのだ。鯉九郎」

　義藤は、鯉九郎の考えたことを察して、訊ねられる前に言った。歯切れが悪い。

「左様にござりまするか……」

　嘆息した鯉九郎だが、それ以上を問わなかった。義藤が精を放ったかどうか、それを質《ただ》したかったのだが、本人の肉体がそれを憶《おぼ》えておらぬのでは仕方ない。

将軍義藤の胤《たね》を奪うのが目的だったとすれば、女の行動の説明がつくのである。後に男児誕生となれば、うまくすると、女は将軍家のお部屋さまになれる。

問題は、義藤が意識を失った身で精を放つことができたかどうかだが、女が忍びだったとすれば、それは可能であったろう。くノ一の房中術の凄さを、鯉九郎は浮橋から聞かされている。

「鯉九郎。わしは、昨夜の女子に手籠《てご》めにされたのか」

「あるいは、そういうことに……」

「将軍を手籠めにするとは、なにやら天晴《あっぱ》れなような気もいたすが……」

いささか暢気《のんき》なことを呟《つぶや》いた義藤だったが、にわかに色をなして、

「男としては、寝首を掻かれるより口惜しいの」

と若々しい面《おもて》に血を昇らせ、ちょっと鼻の穴をふくらませた。

その表情がおかしくて、鯉九郎は、不謹慎と思いつつ、くっくっと笑ってしまった。

「鯉九郎。笑うことか」

「いや、ご無礼。刺客でのうて幸いであったと安堵《あんど》いたしましたら、つい笑みがこぼれて……」

「うそを申せ」

義藤は、ぷいっと横を向く。

義藤が鯉九郎の分別臭さを笑った昨夜から、明けて主客転倒の朝であった。

五

義藤は、昨夜の謎の女のことを、鯉九郎と二人だけの秘事とした。心月や民部が知れば、いたずらに憤激し、次いで戦《おのの》き、しまいには挙措《きょそ》を失う惧《おそ》れがあるからであった。

落ちて三日目のこの朝、義藤の一行は、小野山荘を出発すると、大森から茶呑《ちゃのみ》峠越えで、広大な林野を抱える禁裏御料所の山国荘へ入った。

この荘の木材年貢が当時の皇室経済を支えただけあって、一帯には杣人《そまびと》の道が通っている。といって、難路であることにかわりはなく、秘境と呼ぶほかない深山幽谷に踏み入って、狂気じみた表情であたりの気配を窺《うかが》いつづける者、恐ろしく陰鬱な顔つきでとぼとぼ歩く者など、落人の行列は、さながら地獄をめざす死者の群れのようであった。

（何者かに見張られている……）

義藤の供廻りの中で、ひとり冷静な鯉九郎は、その気配を感じていた。

追手か刺客か落人狩りか山賊か、あるいは義藤を愚弄した女か、正体はまったく予断しがたいが、見張られていることは疑いようもない。

しかも、鯉九郎の研ぎ澄まされた剣士の本能は、見張り人がそれぞれの意図を秘めた複数であることまで察知した。

(悪くすれば……)

二組以上の敵に襲われるやもしれぬ、と緊張した鯉九郎だが、義藤のようすに救われた。監視の気配を察しているに相違ないのに、いささかの硬さも見られぬ。

「北山杉は、やはり見事だな」

などと物見遊山にでもやって来たような調子であった。

この日、鯉九郎の危惧は、杞憂《きゆう》に終わる。落人の一行は、敵襲をうけることなく、山国荘の浄福寺に入ったのである。

ところが、四日目の朝、供が三十人ばかり減っていた。未明に脱走したらしい。

義藤と心月に随行する幕臣の知行は長慶によって没収される。その噂が伝わってきたからであった。この脱走者の数は、近江へ落ちるまでに急増することになる。

「不忠者めらが」

と民部が激怒したが、義藤は、べつだん意に介さなかった。幼少より、幾度も都落ちを繰り返してきたこの若者は、そのたびに人間の本性を見せつけられているのである。

しかし、三好勢が後ろに迫っているとの情報が、土地の樵夫《きこり》からもたらされるに及んで、民部も心月もうろたえはじめた。

「大樹。二手に分かれるが上策かと存じまする」

心月の進言である。つまり、一手がおとりとなって追手の三好勢をひきつけ、その間に義藤は少人数で目立たぬよう別の道を往くという策だ。

「筑前が追手を差し向けたとは、解せぬことだな……」

義藤は、訝った。あるいは、三好勢とは松永弾正の配下か、と思わぬでもない。ただ、そうだとしても、弾正ほどの男、のちに長慶の怒りをかわぬよう、追手には山賊か何かを装わせるのではなかろうか。

「畏れながら、大樹におかせられては、筑前が阿波守護を弑《しい》せしを、御存知のはず」

阿波守護は心月と従兄弟の細川持隆だったが、先頃、長慶の弟の之康《ゆきやす》に暗殺された。

しかし、この事件については、之康の暴走ともいわれ、長慶が関与したか否か分明でない、と義藤は聞いている。

「魏《ぎ》の司馬懿《しばい》が隴《ろう》を得て蜀《しょく》を望んだごとく、成り上がり者の強欲は果てしなきもの。筑前めもにわかに肚裡《とり》に非望を抱かぬとは申せませぬ」

心月は、やや激して言う。この流浪の前管領は、長慶を忘恩の逆徒ときめつけていた。

「左様。心月どのが申される通りにござりまする」

民部も陽動作戦を支持する。

ここで心月らと口論するのも、義藤は億劫《おっくう》であった。二手に分かれるのなら、それも構わぬと思う。怯えきった兵を率いて山中を行軍するのは、正直言えば、いささか気が滅入る。供を少なくして、さっさと移動するほうが気分的には楽であった。

「あい分かった」

義藤は、進言を容《い》れて、心月と民部に命じた。

「そちたちが、おとりになれ」

「も……もとより、その覚悟にてござりました」

「そ……それがしも、ご同様」

言葉とは裏腹に、両人は縋《すが》るような眼差《まなざ》しを主君へ向けたが、

「大儀」

と義藤に浴びせられ、すごすごと御前を辞した。

義藤隊は、鯉九郎をはじめ近習の細川與一郎《よいちろう》ら武芸達者ばかりの総勢十名をもって、三好勢迫るの報をもたらした樵夫の案内で、ひそやかに浄福寺を出た。

幸いというべきか、夜明け前から濃い霧が出ており、寡兵ならば暫《しばら》くの間は人目に触れる心配はなさそうであった。

心月と民部の率いるおとりの別隊は、義藤たちより小半時《こはんとき》ばかり後《おく》らせて出発した。仰々しく兵具を鳴らし、いかにもあわてふためいて遁げる騒々しさを周辺に轟かせつつ、山路を駆けた。もっとも、かれらは、三好勢の追撃を惧《おそ》れて、本当にあわてている。

義藤隊は、大堰川《おおいがわ》伝いに遡行し、花背《はなせ》をめざした。

丹波の大悲山に源を発し、上流を保津川、下流を桂川と称す大堰川では、平安の昔より景勝の地として舟遊びが盛んで、十世紀半ばには詩、歌、管弦の三舟を浮かべ、それぞれに堪能の者を乗せて才を競わせる三舟祭が始まっている。足利尊氏流扇の故事もある。

だが、落人たちには、そんな風流に想いを馳せる余裕はない。狭隘で勾配のきつい杣道《そまみち》に足を滑らせ、生い茂る熊笹に足を叩かれ、数えきれぬほど上り下りを繰り返し、ひたすら先を急いだ。

だしぬけに山中の聚落《しゅうらく》へ出た。

薄雲みたいに蟠《わだかま》る霧をすかして、山の斜面を稲妻型に伐り拓き、聚落を麓まで貫通する道や、点在する草葺《ぶ》き屋根が見える。道の両側は段々畑だ。義藤隊は、聚落のいちばん高いところへ出たらしい。

「この村を抜けますれば、川に橋が架かってござりまするによって……」

案内の樵夫が、そう言った。

霧のために川まで見霽《みはる》かすことはできないが、橋は、急湍《きゅうたん》の上に渡された長さ五間ほどの吊り橋だという。

「向こう岸へ渡り、橋を切り落とせば、追手を引き離すことができましょう」

と進言したのは、義藤の信頼厚き細川與一郎である。追われる者としては当然の処置だが、義藤は眉をひそめた。

「それはならぬ。橋を落としては、村の者に迷惑が及ぶ」

すかさず樵夫が、畏れながらご案じには及びませせぬ、と口を挟む。

「このあたりは近衛家の御料所にて、村人は皆、公方さま贔屓《びいき》にござりまする」

義藤の生母慶寿院は、元関白近衛稙家《たねいえ》の妹である。稙家自身も、いまごろは洛東から近江へ落ちのびているはずであった。

公方さま贔屓の一言は、供廻りの者たちの心を束の間和らげたが、鯉九郎だけは、樵夫の諂《へつら》うような感じが気に入らなかった。

だが、この聚落を抜けたところに川があるのは、嘘ではあるまい。鯉九郎の鼻は、立ち昇ってくる川の匂いを、たしかに嗅《か》いでいた。

鯉九郎は、万一の場合に備えて、義藤のわきにぴたりと寄り添った。

樵夫の先導で、義藤と九人の随従者は、村内の曲がりくねった坂道を下りはじめた。

鈍色《にびいろ》の空の下、霧に烟《けぶ》る山間の聚落は、幽玄とさえいえる佇《たたず》まいをみせている。

（静かすぎる……）

村人の姿を見かけぬのは、どうしたことか。丸太みがきの唄声ぐらい聞こえてきてもよさそうだが、それすらない。罠のにおいが、鯉九郎の鼻孔をついた。

「鯉九郎。あの樵夫、三途《さんず》の川の案内人であったようだな」

と義藤が小声で言った。剣の師弟は、ほとんど同時に待ち伏せに気づいたのである。

鯉九郎は、臍《ほぞ》を噛む。三好勢迫るの報をもってきた樵夫を、みずから取り調べるべきであった。ただ、武芸師範は、その任にない。

ふいに義藤が立ち止まったので、随従者たちは何事ならんと集まった。

先頭を進んでいた樵夫は、その場で首だけひねって、霧中に眼を細めて義藤のほうを見返る。

「何でもない。脛当《すねあ》てが解《ほど》けただけじゃ」

義藤は、樵夫にも聞こえるように明るく大きな声を発してから、地に片膝をついて脛当ての紐をつまんだ。解けてはいない。

「皆、よく聴《き》け」

義藤は声を落とす。

「伏勢がいる」

見るでない、と小さく叱声をとばしてから、樵夫が敵の細作《さいさく》であることを告げた。

「なれど、この霧が、寡兵のわれらに幸いいたそう。川までひと息に駆け下りようぞ」

剛毅さの際立つ義藤の下知に、皆は蒼ざめたおもてに闘志の色を漲《みなぎ》らせる。

「細作を斬り棄てる。それを合図に」

と鯉九郎が口早に言い、皆は義藤から離れた。

鯉九郎は、滑るような足運びで先導の樵夫へ迫る。

風が出てきた。霧が吹き流されてゆく。上空では雲が動く。

空が晴れて霧が消えたら、義藤たちの姿は伏勢からまる見えになってしまう。急がねばならぬ。鯉九郎は、すうっと、樵夫の左側に身を寄せた。

「一度しか訊かぬゆえ、心して返答せい」

鯉九郎は前を向いたまま囁《ささや》く。

「松永弾正の手の者か」

樵夫は、形相を一変させるや、ぱっと右方の畑へ跳んだ。が、空中にあるうちに、鯉九郎の抜く手も見せぬ一閃に斬って落とされる。白い霧に、一瞬、紅の霧が混ざった。

「奔《はし》れ」

鯉九郎が叫ぶ。義藤を真ん中に、十名一丸となって、坂道を駆け下りはじめた。

六

「逃がすな」

「早く矢を射よ」

「どこだ」

伏勢の声が、あちこちであがる。

義藤たちは、右に左に折れ曲がる坂道を駆けに駆けた。かれらの起こす旋風が、霧を濛々《もうもう》と渦巻かせる。

夥《おびただ》しい矢唸《やうな》りが生じたが、義藤らは疾走をやめぬ。矢は徒《いたず》らに、頭上を越えたり、前に落ちたり、遥か後ろの地に突き立ったりする。二回ばかり悲鳴が発せられたが、いずれも敵のものであった。義藤たちを視野に捉えるため路傍まで寄った射手《いて》が、仲間の放った矢を食らったらしい。

「矢戦《やいくさ》をやめい。同士討ちになるわ」

「追え、追え。打ち物で殺せ」

おうっ、と呼応する声が遠近《おちこち》にあがる。

だしぬけに、左右間近に敵が出現した。右手から二人、左手から四人、霧の中より突如湧き出て、畑の土をはねあげながら道へ躍り出ようとしていた。義藤勢の両横腹を衝《つ》くかっこうである。

すかさず細川與一郎が単身で、右手からの二人と白刃を交えるや、数合しただけで、これらを斬り倒した。

左手の四人にあたったのは、鯉九郎だ。こちらは、鋼《はがね》の打ち合う音は起こらず、口笛に似た斬人音が、四度顫えただけであった。

伏勢の怒号が噴きあがる。耳に届く喊声《かんせい》の大きさだけで推測しても、百人もいるかと思われた。

敵勢は、上からも、下からも、道といわず畑といわず、得物《えもの》の刃をきらめかせ、歯を剝《む》き出し、吶喊《とっかん》しつつ、霧を割って駆け向かってくる。

ほとんどが素膚《すはだ》に腹巻、籠手《こて》、脛当てを着けただけの、武装としては軽便すぎる恰好をしている。雑兵といえばそんなものだが、しかし、まるで統一性がなく、身丈に合わぬものを着けている者が多いのは、どれもこれも分捕り品ゆえであろう。戦場稼ぎの盗賊どもに違いなかった。

（やはり、弾正であった……）

義藤に寄り添って駆けつつ、鯉九郎は断じた。この手の込んだ待ち伏せが、いかにも奸智に長《た》けた弾正らしいのである。

弾正は、これら餓狼《がろう》にひとしい盗賊どもを、みずからは表に立たず、余人を介して、かねで傭《やと》ったのに違いない。法観寺のときも、同様にして暗殺隊を差し向けてきた。

後に判明するが、ここの村人たちは全員、山中の岩室《いわむろ》に押しこめられている。

「見よ。敵は烏合《うごう》の衆ぞ」

と義藤が愉《たの》しげに大声で言った。

「突き破るはたやすいとみえた。決して止まるでない。遮二無二駆けようぞ」

義藤の下知は、山里の澄気を顫わせ、供廻りに武者震いを起こさせる。

（見事なお振る舞い）

鯉九郎も愉しくなった。戦場では、いかなる窮地に立たされても大将は陽気であらねばならぬ。味方が寡兵の場合は、なおさらである。

義藤の判断に誤りはなかった。いまこの瞬間、下方より来る敵勢は、陣形も整えずに、ただ数を恃《たの》んで激突しようとしている。まさに烏合の衆だ。これに対し、わずか十名とはいえ、鋒矢《ほこや》の陣形をもって突進する義藤勢のほうが、戦法において勝る。突破は至難ではない。

駆け上がってくる敵勢先駆けの者の首を、義藤みずからが一閃裡に刎《は》ねとばした。血汐《ちしお》が音たてて奔騰する。

太刀、薙刀《なぎなた》、槍の切っ先を揃えた義藤勢鋒矢の陣は、まさしく一筋の矢と化し、下りの勢いも利して、迅《はや》く鋭く敵中へ突き入った。

坂道を駆け上がってきた敵の五、六人が、あっという間に、突き殺され、踏み潰《つぶ》される。肉を伐《き》り、骨を截《た》つ音がして、絶鳴が空気を切り裂く。

敵は、鋒矢の陣の当たるべからざる勢いに、さすがに怖れをなし、わあっと左右へ跳《の》び退いていく。

「石じゃ。石を投げつけてやれ」

武士同士の戦いならば、大兵が寡兵に石を投げつけたりはしない。だが、横道者《おうどうもの》の盗賊輩は、恥を知らぬ。

投石が開始された。これには、義藤勢もさすがに閉口し、鋒矢の勢いを鈍らせたが、それでも村の麓へ達する。

そこは薄《すすき》の原であった。

その向こうに、たしかに吊り橋が見え、奔流の音が聞こえてくる。

だが、義藤勢に不運であった。麓では霧が失せていて、かれらの姿は丸見えである。

たちまち義藤勢は、敵の弓矢に囲まれた。万事休した。

「お頭《かしら》あ」

「お頭あ」

敵どもが、なかば愉しげに、村のほうへ呼ばわる。

薄霧を抜けて、坂道から、茶筅髷《ちゃせんまげ》の巨漢が現れた。首領であろうが、巨体を突っ張らせたような、奇妙な歩き方をしていた。

「み、皆……弓を棄てい」

掠《かす》れた声で、首領は配下へ命じた。

その背後から、ひょいと布袋顔がのぞいて、にっと笑った。

「浮橋」

義藤も満面を笑み崩す。

鯉九郎は、ちょっと苦笑した。五年前の暗殺団との対決のさいも、浮橋は土壇場で出現し、義藤と鯉九郎を救ったのである。

「あとを尾《つ》けておったのか」

鯉九郎が、あきれたように言うと、さにあらず、と浮橋はかぶりを振った。

「この修左《げんざ》に用あって、これへ参ったのでござる。まことにうれしき偶然。なれど、やつがれの話はあとで」

浮橋は、首領の盆の窪へ、飛苦無《とびくない》の鋭い切っ先をあてている。

「ご配下の衆、お下知が聞こえなんだか。弓を棄てねば、お頭の首からたんと血が流れ申すぞ」

「は、早く棄てよ」

浮橋に修左とよばれた盗賊の首領は、金壺眼《かなつぼまなこ》をひきつらせて叫んだ。

盗賊どもは弓矢を棄てた。

「若《わか》」

と浮橋は、鯉九郎をよぶ。

「大樹を向こう岸へ、お伴《つ》れくだされい」

「分かった」

浮橋が、はっと色をなして、横っ跳びに身を投げ出したのは、このときである。

浮橋を掠めすぎていった手裏剣が、盗賊のひとりの首へ突き刺さるや、敵味方とも、反応の素早い者は、その場に伏せた。

「皆殺しだあ」

修左がおめきながら、配下のひとりから大太刀を奪って、浮橋へ斬りつけた。そのときには、浮橋も体勢を立て直している。

「弓矢をとらすな」

鯉九郎は、味方を叱咤し、包囲陣へ斬り込ませておいて、義藤を川のほうへ急《せ》き立てようとする。

「皆をおいてはゆけぬ」

「大樹。多勢に無勢でござる」

な対手《あいて》ではない。
敵は、十倍の数だ。しかも盗賊どもである。将軍みずから踏みとどまって闘《たたか》うよう
が、鯉九郎の諫言《かんげん》は無駄であった。義藤は、早くも敵めがけて疾駆している。
(兵のために命を抛《なげう》たれるなど……)
将にあるまじきこと。だが、そういう満々として溢れるような情に衝き動かされる
義藤に、鯉九郎も浮橋も魅《ひ》かれるのであった。
すかさず鯉九郎は、義藤の背後を護《まも》った。
薄の原のあちこちできらめく白刃が、火花を散らせ、鮮血を飛沫《しぶ》かせる。
「死ね、甚内《じんない》」
盗賊の首領の修左が、大太刀を、浮橋の脳天へ降らせる。
甚内というのは、浮橋の若き日の名であった。韋駄天《いだてん》のごとき脚力をもつので、風
の甚内ともよばれた。
近江朽木谷に伝わる判官流忍びでは、修行の成った者に、源氏物語五十四帖のうち
から名を授ける。「浮橋」は、言うまでもなく「夢の浮橋」よりとられている。甚内
と修左は、「浮橋」の忍び名を争って、術競《くら》べをし、甚内に勝利が宣せられたのであ
る。

その判定を不服とした修左は、忍びを棄てて、朽木谷を出奔すると、やがて諸方で悪事を重ね、盗賊の首領になった。

朽木谷と縁を切った修左とは、浮橋ももはや関わりはなかったはずなのだが、ある災難がわが身に降りかかって、どうしても修左と再び対決せざるをえなくなったのである。

その災難が、いまもまた、走り来たって、浮橋の前へ出現した。

「こんどこそ逃がさぬ」

至近距離で手裏剣を打つかまえをみせたのは、女である。

「待たれよ、美千《みち》どの」

浮橋はうろたえた。

あっ、と義藤も驚く。女は、一昨夜、義藤を手籠めにしたかもしれぬ、あの丹波の黒豆ではないか。

義藤は、左右の敵をひとりずつ斬り倒してから、浮橋のもとへ馳せつけた。

それとみて、修左が、浮橋から離れる。

「もういちど黒豆を食べさせてくれぬか」

と義藤が美千に向かって言ったので、こんどは浮橋が眼をまるくする。

「大樹。美千どのをご存じ寄りで……」

「美千と申すのか」

「出雲の忍びの女にござりまする」

とつぜん、美千が哄笑する。

「風の甚内。いや、浮橋。汝《うぬ》の大事なご主君を、この美千が手籠めにしてやった。おぼえたか」

「て、手籠め……」

浮橋は、義藤を、ぽかんと見やった。

「間の抜けた顔をいたすな」

修羅場の中で、一瞬、ここだけ、滑稽の空気が漂う。

このおり、どっと鯨波《とき》が起こった。敵味方とも振り仰ぐと、聚落の坂道を五、六十人の武装団が駆け下りてくるところであった。竹に対雀《ついすずめ》の旗印。

「安国寺上杉、将軍家にご助勢仕る」

頼もしい雄叫《おたけ》びが轟いたが、

「安国寺衆も戦うのか……」

と義藤には意外であった。

関東管領上杉氏は、丹波国何鹿郡《いかるがぐん》上杉荘より興《おこ》り、鎌倉に六代将軍として迎えられた宗尊《むねたか》親王に従って東下した重房の孫の清子が、足利貞氏に嫁して尊氏・直義兄弟を産んだことにより、一族は繁栄した。その清子の誕生した場所が、何鹿郡の安国寺である。

以来、安国寺は、足利将軍家の寄進をうけ、その寺領に住む上杉衆は、大堰川舟遊びなど将軍家の丹波遊覧の折りには、その案内人として随行する習わしとなった。いわば安国寺上杉衆は、文《ぶん》の人々である。かれらが弓矢刀槍をとって戦うなど、義藤には思いもよらぬことであった。

「退《ひ》け」

その修左の下知を待つまでもなく、すでに盗賊どもは、わっと我勝ちに遁走《とんそう》しはじめている。義藤隊に安国寺上杉衆が加わっても、数の上ではまだ優勢なのに、このあたりが心卑しき者らの習性であろう。

浮橋が、美千に背を向け、修左を追った。

「逃げるか、甚内」

美千の手裏剣が投げ打たれる。が、それは、義藤の愛刀長光によって叩き落とされた。

「将軍家といえども、邪魔立ては容赦いたしませぬ」

美千は、半身となり、こんどは義藤に手裏剣を打つ構えをみせる。

「なにゆえ浮橋を狙う」

「公方さまには、かかわりなきこと」

「かかわりないとは、言うたものだ。そなた、わしを手籠めにしたであろう」

「成り行きと思し召されませ」

「まあ、それはよい。わしも、堪能いたしたゆえな」

「えっ……」

美千の眼許《めもと》が赧《あか》らんだ。

「そなたの裸形《らぎょう》、まことに美しい」

「お気づきあそばされて……」

美千の動揺は、見ていて気の毒なほどである。この女は、義藤が昏倒していたからこそ、大胆なことをできたのであった。

義藤は、つつっと、距離を縮めた。

「あっ……」

美千が気づいたときには、もはやおそい。手裏剣を落とされ、身を抱きすくめられていた。

「偽りを仰せられましたな」

「先夜の讐《あだ》じゃ」

義藤は、にっこり微笑んだ。

「美千どの」

浮橋が、修左を引っ立ててくる。

「そなたが三歳のとき、出雲へ流れてきた凨の甚内と名乗る者が、そなたの母を手籠めにいたし無惨に殺《あや》めたと申されたな」

「何をいまさら」

「聞かれい」

西国の大名衆の実力を探っていたひと月ほど前、浮橋はとつぜん、美千に襲われた。母の敵《かたき》と罵られて。

「そして、甚内のことでおぼえておるのは、胸に斜めの刀疵《かたなきず》である、と」

美千の襲撃をうけたさいは、あまりにその怒りが烈しいようすだったので、浮橋はおのれの胸を見せる暇もなかった。

「ようく見られい」

浮橋は、おのれの衿《えり》をくつろげ、そこから両腕を出して、上衣を脱ぎ、裸の胸をさらした。きれいなものである。

「浮橋。そやつを」

義藤がそう言っただけで、事情を察してくれたと解した浮橋は、その意図するところまで分かった。浮橋は、修左の背を強く押しやる。

「むっ」

義藤の手の先から、縦に一筋、光が放たれた。大般若長光二尺四寸余は、修左の鎧の胸を両断した。

間髪を入れず、浮橋が跳びつき、修左の衿を開く。

美千の双眸《そうぼう》は、真の敵の胸へ釘付けとなる。剛毛の間を斜めに、刀疵がよぎっていた。忘れられぬ疵であった。

義藤が、長光を美千にとらせる。

戦《おのの》いて身を翻した修左だが、美千は、易々《やすやす》と、その巨体を追い越し、前へ回り込んだ。

「修左。おぬしが、やつがれに敗れたは、その脚《あし》のせいだわ」

浮橋がそう浴びせかける。

「母の敵《かたき》」

美千は、思い切りよく踏み込み、修左の胸を深々と刺し貫いた。

ぎゃっ、と一声を放っただけで、修左は斃《たお》れた。

盗賊どもを追い散らした鯉九郎以下、供の者と、安国寺上杉衆が馳せつける。

「典膳《てんぜん》。大儀であった」

安国寺上杉衆を率いてきた上杉典膳は、義藤への拝謁を済ませている。

「勿体《もったい》ない。ご無事で何よりにござりまする」

品よく老いた顔を典膳が綻《ほころ》ばせたとき、

「おやめなされ」

と浮橋の叱咤の声がした。一団から、やや離れたところで、おのが首に刃をあてようとした美千を制止したのである。

「美千は公方さまにひどいことをいたしました。死ぬほか、詫びの仕方を存じませぬ」

風の甚内に母を手籠めにされた恨みを晴らすため、美千は、甚内が主君と仰ぐ義藤を閨《ねや》で愚弄した。だが、すべては、思い違いであった。

「典膳。あの女子、そちが養うてくれ。わが胤を宿しているやもしれぬのでな」

義藤が、美千に聞こえるように言った。

「畏《かしこ》まりましてござりまする」

それから、義藤は、呆然《ぼうぜん》とする美千の前へ歩をすすめて、手をとって立ち上がらせた。美千は、頬を染めて、俯《うつむ》く。

「そなた、天涯孤独の身であろう。これからは、あれなる典膳を父と思い、上杉衆とともに生きよ」

「公方さま……」

美千の声が顫えを帯びる。

「典膳。もし子が生まれても、わしに報《しら》せるでないぞ。いまの世では、足利将軍の子は不憫ゆえな。恙《つつが》なく成人いたせし折りは、そちの裁量で身を立ててやってくれよ」

「しかと承りましてござりまする」

では、まいろう、と義藤は、鯉九郎ら供廻りを促し、薄の原の向こうの川に架かる吊り橋をめざした。

「公方さまあ」

その叫びに、義藤は振り返った。美千が、滂沱《ぼうだ》たる涙を拭いもせず、手を振っている。

「鯉九郎。浮橋」

臣というより友とよぶべき両人に、義藤は笑顔をみせて言った。

「豆は丹波にかぎる」

薄の原を抜け出たところに、白や紫や碧《あお》の色をつけた野葡萄の実が、川風に揺れていた。

寒蟬《かんせん》の声がする。美《うつく》しよし、と鳴いていた。

義輝異聞　将軍の星

病弱ゆえか、五官の鋭い子であった。微《かす》かな物音でも睡《ねむ》りから覚めてしまう。瞼《まぶた》を押し上げた途端、梅千代王丸《うめちよおうまる》の上体は浮いた。母芳春院《ほうしゅんいん》の膝もとへ引き寄せられたのである。

一

一穂《いっすい》の短檠《たんけい》の炎が、黒影たちの乱した空気に煽《あお》られ、大きくゆらめく。寝所の火明かりは、闇を怖がる梅千代王丸のために、宿直番《とのいばん》が朝まで絶やさなかった。

母子《おやこ》は囲まれている。黒影は六つ。

「お声を立てられるな」

頭目であろう、くぐもった声で命じた曲者《くせもの》の眼出し頭巾《ずきん》よりのぞく双眸《そうぼう》が、炎を映して、獣のそれのごとく光っているように見え、梅千代王丸は、恐怖のあまり泣きだしそうになった。

「泣いてはなりませぬ」

芳春院が、数え十四歳にしては小柄な子を励ますように、その耳へ囁いてから、

「何者じゃ」

と頭目へ、毅然《きぜん》たる視線を突き刺す。

見返す頭目のまなこに、一瞬、眩《まぶ》しげな色が過《よぎ》った。

この女人《にょにん》は、芳春院と号するが、それは、良人《おっと》が家督を子の梅千代王丸に譲って隠居したのに殉《したが》い、俗名を捨てたのにすぎぬ。実際には、いまだ髪を下ろしておらず、白い寝衣姿から、芳醇とも形容すべき色香が漂い出ていた。

「しばし、われらに随《したご》うていただきたい。御身らを傷つけるつもりは毛頭ござらぬが、お随いあそばされぬとあらば、やむをえざる仕儀と相なり申そう」

頭目の落ちつきはらった態度に、芳春院は観念して立ち上がると、梅千代王丸に半臂《はんぴ》を着けさせ、みずからは表着《うわぎ》に袖をとおした。

「梅千代王丸。母の手をしかと握って放してはなりませぬぞ」

悪魔の手に喉を絞められたようで、梅千代王丸は声すら出せぬ。ただ言われたとお

り、芳春院の手を強く握りしめて、おのが身を母の腰へぴったり寄せた。足が顫《ふる》える。自分の生命を直接脅かされるなど、生まれて初めての経験であった。

広縁へ出ると、中庭の地面は、夏の月明に霜をおいたように白々と浮かんでいる。

広縁の端へ寄ったところを歩きながら、縁の下からわずかにのぞくものを、梅千代王丸は眼に捉えて、息が止まりそうになった。

素足の蹠《うら》である。宿直番が殺されて、縁の下へ投げ込まれたのに相違なかった。

それと気づいた芳春院が、袖で梅千代王丸の顔を被う。

ほどなく、六名の曲者に拉致《らち》された母子は、館《やかた》から忍び出た。

渡良瀬川《わたらせがわ》左岸にひろがる低湿地のこのあたりは、鴻之巣《こうのす》と称《よ》ばれ、館は樹枝状にひろがる谷々に囲まれた台地上に建つ。

鴻之巣を中心として、北を牧野地、南を駒ケ崎といい、一帯には直臣団の屋敷や町並みが整い、また館の西北方一町余の湿地に、渡良瀬川を西濠とする城も築かれている。

木立の中に、網代輿《あじろごし》一挺《ちょう》と、面体《めんてい》を頭巾で隠した力者《ろくしゃ》が八名待機していた。

頭目が、出入口の簾《す》をあげて、母子に乗るよう指示する。

「いささか揺れ申すが、ご辛抱あそばされたい」

輿《こし》の人になるや、梅千代王丸は芳春院の胸へしがみついた。

「怖がらずともよい。母がついておる」

着衣の上からでも、母の豊かな乳房の温《ぬく》もりが感じられる。耳に伝わる鼓動もゆったりとしていて、梅千代王丸を安心させた。前髪を撫《な》でてくれる手の感触も心地よい。

輿が浮き上がったかと思うまに、右に左に揺れはじめた。

「母上」

悲鳴をあげて、一層強くしがみついてくる梅千代王丸に、芳春院はおもてを複雑に歪ませる。このていどのことで小鳥のように総身をわななかせるわが子は、情けなくもあり、また不憫《ふびん》でもあった。

梅千代王丸は、いまだ元服の儀を済ませていないが、家督を相続した二年前より、乳母や侍女を遠ざけられ、傅役《もりやく》以下の側近すべて男たちで固められている。武門の当主なれば、当然のことであろう。

しかし、繊細すぎる梅千代王丸が、武骨な関東武者どもに育てられる日々を厭《いと》わしく感じていることを、芳春院は知っていた。

四季の移ろいに涙し、『源氏物語』を諳《そら》んじ、衣服の綻《ほころ》びをみずから繕《つくろ》い、年齢に似合わず仏心厚く社寺参詣を悦《よろこ》ぶような子が、どうして弓馬の道に勤《いそ》しむことができようか。弱肉強食の乱世に不適性このうえない。だが、もって生まれた性情はいかんともしがたいのである。

（この子が……）

心安んじて生き長らえるには、強者の庇護《ひご》の下で暮らすほかない。すでに、そう思い決めた芳春院であった。

網代輿の轅《ながえ》を腰に添えた力者八名は、無言の気合を揃えて脛《すね》をとばしていく。館から母子を拉致した頭目以下の六名が、輿の前後を守って走る。

やがて一行は、渡良瀬川沿いの野道へ出ると、それを横切って、川原へ踏み入った。

架橋はされていない。戦術上、川を外敵に対する障害物とするためである。代わりに、舟を幾艘も並べて太綱で繋《つな》ぎ、その上に桁を渡して板を敷くという、舟橋が浮かべられるのが、戦国の城下町の河川では当たり前の風景であった。

その舟橋も、夜のうちは太綱を解かれて解体され、渡ることができぬ。

このあたりの川幅は、六十間ほどある。夏涸《なつが》れで水位が下がっているとはいえ、輿を持参したままの渡渉《としょう》は容易ではなかろう。

ところが、力者たちは、輿の轅を肩へ担ぐなり、着衣もそのままに、逡巡《しゅんじゅん》することなく川中へ足を浸《つ》けた。かねて修練をしていたのであろう。

川風が吹いて、輿の簾の裾を舞い上げ、抱き合う母子の姿をのぞかせる。

「助けて」

とつぜん、梅千代王丸は叫んだ。簾があがった瞬間、野道に動く巨《おお》きな影を発見したからである。

芳春院はなぜか、あわてたように、梅千代王丸の口をふさいだ。

頭目が振り返ると、野道から川原へ巨影は躍り込んできた。

巨きいはずだ。人馬ではないか。

(なんだ、こやつは……)

頭目は、訝《いぶか》った。館の者が気づいたのなら、人数を繰り出して追ってくるであろう。このように一騎ということはありえぬ。

戛々《かつかつ》と馬沓《うまぐつ》の音を響かせながら追ってくるにつれ、闇に眼の利く頭目には、並の人馬でないことが見てとれた。馬尺五尺五寸はあるに相違ない大馬の背に、身の丈六尺余の武士が跨《また》がっている。若い。

何者か知れぬが、いずれにせよ、梅千代王丸の助けを呼ぶ声に応じた対手《あいて》だ。殺してしまうほかない。

「かまうな。往け」

と頭目は、力者たちへ下知《げち》しておいて、配下五名を散開させ、接近する一騎を扇状に押し包む陣形をとった。

「放て」

頭目の号令一下、配下たちから棒手裏剣が投げうたれる。

鞍上《あんじょう》の若者の左腰から、白光が噴き出た。一瞬にして、三本の棒手裏剣は川原へ叩《たた》き落とされる。

頭目は蒼《あお》ざめた。対手は途方もない剣技の持ち主である。

だが、それにしても、棒手裏剣が飛んだのは、騎乗の若者の右側からだけであった。左側の二名は、何をしているのか。

ここでも頭目は驚かされた。左側の二名は倒れているではないか。向こう脛を押さえて呻《うめ》きながら。

その傍らに、小さな影が見える。子どもだ。手にもった棒切れで二名の脛をかっぱらったらしい。

「往きずりの者ならば、かかわるでない」

心の動揺を隠して、頭目は鞍上の対手を威《おど》しつける。

「順序を違《たが》えたな」

どこか明るさを帯びた声を、若者は返した。

「なんのことだ」

「攻撃を仕掛ける前に、いまの一言を申すべきであった。それならば、こちらも手荒なまねはいたさなんだ」

「吐《ぬ》かすな。おとなしく引き下がれ」

「助けを呼ぶ声を耳にいたしたからには、見過ごしにはできぬ」

「ばかめが。そこな童《わ》っぱとたった二人で何ができる」

このとき、川中で悲鳴があがった。

振り返った頭目の眼に、またしても信じられぬ光景が飛び込む。対岸をめざし、すでに胸のあたりまで水に浸かって進んでいた力者たちが、次々と倒されていくではないか。

前の四名は、腰砕けのようにして、水中へ没してしまう。後の四名は、後頭部に何か衝撃を受けるのだろう、そこを押さえ、首をすくめながら逃げようともがいている。

棒切れをもつ小さな影の近く、川に寄ったところに、別の影が見えた。女だ。その女が右腕を振るたびに、輳の後を支える力者は悲鳴を放つのであった。

（印地打《いんじうち》か……）

男の子たちの尚武的遊戯の石投げを印地打と称するが、実際のおとなたちの合戦でも、その達者は一撃で人を殺すことができる。しかし、女の遣い手など見たことはない。

力者たちの手を離れた網代輿が、下流へ流されていく。

「輿を。輿を戻せえ」

狼狽《ろうばい》した頭目は怒声を飛ばすが、どうなるものでもない。八名の力者はおのれの身を守るだけで精一杯のようであった。

「う、汝《うぬ》ら、何者だ」

頭目は視線を前方へ戻す。鞍上にあったはずの若者が、いつのまにか下馬して、音をたてぬ足運びでこちらへ寄ってくるところであった。

心底より恐怖した頭目は、差料《さしりょう》を鞘《さや》走らせたものの、腰が引けており、

「何をしている。斬れ、こやつを斬れ」

棒手裏剣を投げうった三名へ、命令というより、助けを求めたような塩梅《あんばい》であった。

事の成り行きに茫然としていたかれらも、ようやく我に返って刀を抜いたが、もはやおそい。若者が、いともたやすく頭目の一刀を巻き落とし、その喉首へ剣の切っ先を向けてしまった。

下流へ流された輿は、驚いたことに、川面の上で宙に浮いている。ひとりの巨漢が、輿の箱の下にもぐって、入道頭と両腕を支えとして、これを持ち上げているのであった。

そのまま巨漢入道は、川原へ上がってくるではないか。言語を絶する怪力というほかない。

「皆の者、これまでだ。退《ひ》け、退けい」

頭目が大音声《だいおんじょう》に命じるや、刀を抜いた三名は、微かに躊躇《ためら》いの仕種《しぐさ》をみせたあと、川へ走り込んだ。脛を払われて苦鳴を放っていた二名も、こけつまろびつしながら、川へ駈け入る。力者たちは、抜き手を切って泳ぎだす。全員、対岸へ逃げるつもりらしい。

この折り、水中から顔を現した者がいる。月明に浮かんだそれは、布袋《ほてい》さまに似た福相であった。轅の前の四名の足を、下からすくったのはこの男である。

この布袋顔と、川原に立つ小さな影と印地打の女が、申し合わせたように、若者のほうを見やる。

「よい、捨ておけ」

と若者は命じた。逃げた者たちを追い討つことは無用というのである。

「観念いたす」

頭目は降服の一言を吐いて、その場にどっかとあぐらをかいた。

その殊勝げなようすに、若者は、白刃を鞘へ収める。

それが若者の刹那《せつな》の油断であったろう。頭目は、身をごろりと横へ転がすと、巻き落とされた抜き身を拾いあげ、その切っ先をおのが腹へ突き立てた。

「武士であったか……」

若者は呻いた。砂を噛んだような思いである。

面体《めんてい》を隠して総身を柿色の装束に包み、脇指《わきざし》も差さぬ対手の姿に、忍びの者どもであろうと見当をつけたのだが、見誤ったらしい。忍びの者は、切腹などせぬ。

女の悲鳴が迸《ほとばし》った。

そちらを若者が見やると、輿から下りて岸辺に佇《たたず》む女人と童《わらべ》がいる。悲鳴はその女人のものだ。

「介錯《かいしゃく》を」

と頭目が、苦しげな息の下から頼んだ。

武士の情けというものである。若者は、再び大刀の鞘を払うと、

「参る」

ひと声かけてから、首を刎《は》ねた。皮一枚を残した見事な抱き首である。

巨漢入道があたふたと若者のもとへ馳せつけてきた。

「いかがした。乗輿《じょうよ》の者が手傷を負うてでもいたか」

岸辺に泣き崩れた女人を眺めながら、若者は訊《き》く。

「大事ございませぬが……」

巨漢入道は、そこまで言ってから、にわかに声を落とした。

「お助けあそばしたあのお子は、古河公方《こがくぼう》さまにおわしまする」

しかし、若者の表情に、驚愕《きょうがく》の色は泛《う》かばぬ。なぜか、当惑げになり、溜め息をついた。

「公方が夜陰にさらわれるか……。関東も京とかわらぬ」

鴻之巣台地のほうから松明《たいまつ》の群れが、烈《はげ》しく揺れながら近づいてきたのは、このときのことである。

二

梅千代王丸と芳春院を助けた若者とその従者四名を、一晩預かることになったのは、一色宮内《いっしきくないのたいふ》大輔直朝《なおとも》であった。

直朝は、古河より四里余り南の下総国幸手《さって》城の城主だが、古河公方家の重臣として、公方館の近くにも屋敷を構えている。月庵と号して、和歌に長じ、私家集『桂林集』を著《あらわ》したり、水墨画を能《よ》くするなど、坂東《ばんどう》武者らしからぬ風流の人であった。そのせいか、梅千代王丸が気に入っている数少ない臣下のひとりである。

その風流人が、兵法成就のため廻国修行中の身であるという若者を一目見るなり、

(これは……)

と驚きを禁じえなかった。気品溢れる面差《おもざ》しや、風雅匂い立つような挙措《きょそ》は、どうみても尋常の出自の者ではない。

「そこもと、霞新十郎《かすみしんじゅうろう》と名乗られたが、どこぞ名家の出であろう」

が、新十郎は、微笑を湛《たた》えて、静かにかぶりを振ってみせた。

「わたしは、丹波の貧しき地侍の家に生まれた者にござる」

「さようか……」

直朝は信じなかった。

対面しているだけで、こちらが気圧《けお》されてしまう、いわば威というものを漂わせる若者が、貧しい地侍の倅《せがれ》などということがあろうか。

四名の従者たちにしても、ひどく風変わりであった。

「拙僧は、石見坊玄尊《いわみぼうげんそん》と申す。悪さをしすぎて叡山を破門になり申したが、諸国をうろつくうち、新十郎さまに命を救うていただき、この小四郎ともども弟子となった者にござる」

大薙刀《おおなぎなた》を携えた巨漢入道は、破れ鐘《われがね》みたいな声を放って自己紹介した。

小四郎というのは、玄尊が放浪中に拾った子だそうで、唖者《あしゃ》だという。

「わたくしは、真羽《まは》と申しまする」

と唯一の女は名乗った。おとがいのあたりに少女の稚《おさな》さを残しながら、華やぎのある相貌が、直朝の眼に眩しいものと映る。

「わたしの妻にござる」

そう新十郎が言うと、真羽は、首まで桜を散らして羞《は》じらいの風情をみせた。

残るひとりは、饅頭を二つ踏み潰《つぶ》したみたいな短い双脚の上に、まんまるい腹をのせ、見るだに福々しい顔を絶えず綻ばせている、なんとも憎めぬ風貌の人物だ。

「やつがれは、新十郎さまの下僕にて、甚内《じんない》と申す者にて御座候」

その口から言葉が発せられただけで、直朝もつられて破顔してしまったほどである。

変わっているのは、従者たちだけではなかった。新十郎の乗馬《じょうめ》も、見たこともないような巨きさの赤毛の牝馬であり、馬を自慢とする坂東武者のうちでも、あれほどの逸物《いつぶつ》を所有する者はおるまい。

「いずこで手に入れられたご乗馬《じょうめ》か」

直朝が新十郎に訊《たず》ねると、さらにまた耳を疑うようなこたえが返ってきた。

「妲己《だっき》と名付けられし馬にて、甲斐の武田晴信公より賜り申した」

「なんと……」

騎馬軍団の強悍《きょうかん》さで鳴る甲斐武田氏は、馬をおのが命よりも大事にするはず。

（なるほど）

と直朝はひとり納得した。あの世にも稀《まれ》なる駿馬を武田晴信に手放させたほどの者とすれば、それこそ、真の素生《すじょう》の高貴さの証と考えてよいのではなかろうか。

風流の人らしく、直朝は、それ以上の質問を呑み込んだ。

霞新十郎は、子細ある身なればこそ、素生を隠しているのであろう。主君梅千代王丸の命の恩人に対して、その子細を探るのは非礼というほかない。

「御所さまは明朝、あらためて、そこもとに礼を仰《おお》せられたいとのご諚《じょう》ゆえ、今夜は当屋敷にてゆるりと息《やす》まれよ」

御所さまとは、古河公方梅千代王丸をさす。

直朝から三間つづきの客間をあてがわれた新十郎らは、案内《あない》の者が出ていくと、皆で顔を見合せ、微苦笑を交わした。

「大樹《たいじゅ》。いかがあそばしまするか」

と甚内が新十郎の指示を仰いだ。

大樹とは、征夷大将軍の異称である。

この霞新十郎こそ、当代の足利将軍義輝《よしてる》の十九歳の姿であった。

昨年、幕府前管領細川晴元《はるもと》に、心ならずも担がれた義輝は、京畿《けいき》の事実上の支配者三好長慶《ながよし》と干戈《かんか》を交えて大敗を喫し、京をおわれ、近江の朽木《くつき》氏のもとへ落ちた。

晴元と長慶とは、もともと主従である。この戦いは、両者の関係を修復不能にしたというほかなく、互いの憎悪の感情が冷めて和睦に至ることはありえぬ、もしくは、何年もの歳月を要するとみられていた。

そこで義輝は、年があらたまると、兵法師範の朽木鯉九郎《こいくろう》に後事を託して、忍びの者の浮橋《うきはし》ひとりを供に隠密の旅へ出る。浮橋とは、甚内のことだ。今年、天文二十三年（一五五四）の春まだ浅き頃であった。

旅の目的は、剣聖と称賛される塚原卜伝《ぼくでん》を、常陸国鹿島の地に訪ね、教えを請うことにある。武門の棟梁の名に恥じぬよう、兵法の奥義をきわめて、文字通り天下一の武人になることは、義輝にとって十二歳の夏からの悲願というべきものであった。

盛夏へ向かうこの時季に、義輝がいまだ下総国までしか達していないのは、幾度か足止めを余儀なくされる事件に遭遇したためだ。武蔵を経て下総へ入る前、甲斐の武田晴信の躑躅ケ崎館《つつじがさきやかた》において、永く消息の知れなかった真羽と再会し、同時に玄尊と小四郎を家来にした経緯も含めて、それらは皆、別の物語である。

しかし、義輝は当初、古河を訪れるつもりはなかった。

悪僧玄尊が、以前、古河の舟人足たちと博奕《ばくち》をやって負け、大薙刀をまきあげられた。武田家からたっぷりもらった路用でもって、それを買い戻したいという玄尊のために、寄り道をしたものである。

古河にはまだ陽のあるうちに着いたのだが、大薙刀の行方が分からず、小四郎と浮橋も協力して走りまわるうち、夜に入ってしまった。ようやく買い戻し、どこかに夜露を凌《しの》ぐ場所を見つけるべく川沿いの野道を歩いていたところ、梅千代王丸の助けを呼ぶ声を聞いた次第である。

「明日、ご素生をお明かしあそばされれば、誰もが仰天いたし、さぞおもしろいことに相なりましょうぞ」

と玄尊が言って、おかしそうに声を立てる。

「阿呆《あほう》なことを申すでない」

浮橋はあきれた。それでは隠密旅の意味がないではないか。

それに、義輝がひとりで廻国中だと京の三好一党に知れれば、長慶の寵臣の松永弾《だん》正《じょう》あたりが即座に刺客を差し向けてこよう。

「玄尊」

義輝が笑う。

「は……」

玄尊はきょとんとする。

「素生を明かしたところで、誰も信じまい。真羽もそう思うであろう」

「はい」

真羽も、頰をゆるめる。

「大膳大夫《だいぜんのだいぶ》さまですら、お信じになられなかったのでございますから」

大膳大夫とは、武田晴信のことである。

ふうむ、と玄尊は腕を組んだ。こうしたところが、叡山一といわれたこの悪僧の愛嬌であろう。

「夜の明けぬうちに退散あそばされるがよろしいかと存じまするが……」

浮橋がすすめたが、義輝はかぶりを振った。

「それでは、われらを預かりし一色宮内大輔の面目を潰すことになろう。あの者は、牢人のわれらを、手厚くもてなしてくれた」

「さようにござりまするな。やつがれも、あの御仁を困らせるのは、いささか後ろめたく思われまする」

「明日、古河公方の礼を頂戴して早々に引き上げればよい」

「大樹が引き止められぬことを願うほかござりませぬわい」

浮橋は溜め息をついた。

朽木鯉九郎から義輝の警固を一任されたこの忍びにすれば、苦労の絶えぬことではあった。

三

足利尊氏《たかうじ》は、征夷大将軍となって、政治上・軍事上の必要から京に幕府を開いたが、武家政権発祥の地である鎌倉に執着し、この地にもうひとつの政庁を置いた。これを鎌倉府、あるいは関東府という。

設置当初、尊氏の弟の直義《ただよし》や、継嗣の義詮《よしあきら》が下向してこれを統《す》べたが、後醍醐天皇方や北条の残党との戦い、将軍兄弟の骨肉の争いなどがあって、鎌倉府はほとんど体をなさなかった。

したがって鎌倉公方は、輔佐の関東管領を上杉氏の世襲と定め、関東十カ国の守護体制を確立した尊氏の四男基氏《もとうじ》をもって初代とする。

基氏は京の将軍との融和を図ったが、二代氏満《うじみつ》、三代満兼《みつかね》、四代持氏《もちうじ》はことごとく反抗した。独裁をめざした京の六代将軍足利義教《よしのり》は、ついに鎌倉公方の排除を決意し、持氏を自殺に追いやる。その義教もまた嘉吉《かきつ》の乱で赤松氏に弑逆《しいぎゃく》されると、持氏の遺児成氏《しげうじ》が鎌倉へ入り、五代鎌倉公方を称する。

しかし成氏は、幕府の命令をうけた関東管領上杉氏や、東国の京都御扶持衆《おふちしゅう》とよばれる大名たちの攻撃を浴び、下総国古河へ逃れて、以来、この地へ御座所を移した。

古河を根拠地に選んだ理由は、いくつもある。鎌倉府の御料所だったので、経済的基盤にできたこと。上野・下野・下総・常陸・武蔵五カ国の接点で、利根川水運の便に恵まれ、同時に複雑な河川水系が自然の要害をなしていたこと。さらには、幕命に服さず、鎌倉公方家を支持する北関東の旧豪族たちが、背後に控えていたこと。

成氏以後、政氏《まさうじ》、高基《たかもと》、晴氏《はるうじ》とつづくあいだ、上杉氏との対立、公方家の内紛、後北条氏の擡頭《たいとう》などで、古河公方家は次第に衰退していき、梅千代王丸のこの時代、名ばかりの無力な存在に堕している。

その梅千代王丸から、一介の牢人者に身をやつした将軍義輝が褒詞《ほうし》を賜るという、奇妙な朝が訪れた。

「関東の味は舌に合《お》うてござったか」

客間へ入ってくるなり、一色直朝が笑顔で訊いた。

「牢浪の身には過ぎたるお心尽くしの膳、まことにかたじけないことにござり申した」

義輝も微笑を返す。

了《お》えたばかりの朝餉《あさげ》は、質素なものだったが、汁にも菜にも手間をかけた味わいがあった。別して、膳に白い橘の花が添えられていたことが、涼やかで眼を和ませ、食欲をそそられた。

「では、御館《おたち》へ案内いたす」

公方館《くぼうやかた》は、一色屋敷とは目と鼻の先であった。

四足門を入って奏者所へ往くと、応対に出た奏者番から居丈高に申し渡される。

「畏《おそ》れ多くも、大御所さま直々《じきじき》に御会所にてご引見あそばすとのご諚である」

大御所とは、梅千代王丸の父晴氏をさす。「晴」は、前将軍にして義輝の父義晴から賜った偏諱《へんき》である。

義輝は、いささかの不審を抱いて、直朝をちらりと見やった。直朝もまた、納得いかぬげな表情をみせている。

いかに梅千代王丸の命の恩人とはいえ、無位無官の牢人者を、客殿の御会所へあげたのでは、公方家の威厳が保てぬであろう。

この場合、義輝らの座は、庭上とするのが妥当である。破格の厚遇をあたえるにしても、室内へは入れずに庇下《ひさしした》までとせねばなるまい。おそらく直朝もそう考えたはず。

直朝自身は、義輝らを手厚くもてなしたが、それはこの男の性格と、義輝の人品に卑しからざるものを感じたことによる。いち小城の城主と、名ばかりながら関東十カ国の支配者とでは、何事につけ比較の対象にできるものではなかろう。

実は義輝も、将軍として、煩瑣《はんさ》で情実味のない礼法というものをばかばかしく思うときがある。しかし、礼法を無視しすぎると、下から上への尊敬心が薄れ、ひいては下剋上へと至る一因をなすことは、今の世が如実に示しているというべきであった。

それとも足利晴氏は、子の命を救ってもらったことを、ただ素直に喜んでおり、その感情の発露として、親しく義輝らに声をかけんとするのか。だとすれば晴氏は、軽《けい》躁《そう》かもしれぬが、悪い人間ではあるまい。

（そうあってほしい……）

とも義輝は願った。晴氏も、そして梅千代王丸も、義輝と同じく、足利尊氏の後胤《こういん》なのだから。

「まいれ」

義輝の大刀と玄尊の大薙刀を奏者所に預け、奏者番の案内で、義輝主従五名は、直朝とともに、客殿への渡廊をすすむ。

そこから見える庭は、京風の山林泉流を真似ているが、義輝の審美眼からは、どこか垢抜けぬものであった。だが、夏の光を浴びる樹草の緑は鮮やかだ。

客殿の廻廊をめぐり、御会所の前へまわった義輝主従は、広縁に平伏するよう命ぜられ、これに服《したが》った。

御会所は、広い上座之間と次之間とでなり、仕切りは取り払われている。京や西国に比べて文化が後《おく》れ、物も豊富でない関東らしく、公方館の御会所でも板敷であった。ただ、上座之間の御簾《みす》の向こうに、三畳ばかりの置き畳があり、そこに三つの影が見える。

直朝は、先に挨拶をすませ、次之間の左右に列《つら》なる家臣たちの間に座を占めた。

「御取次《おとりつぎ》まで申し上げまする。丹波牢人霞新十郎並び従者四名、これへ伴《つ》れまいってございまする」

奏者番の報告をうけ、上座之間に座す御側御用取次が、御簾内の人たちへ、同じ内容を繰り返し言上すると、何やらことばが返された。

「次之間へ入れよ」

と御取次が奏者へ命じる。

義輝主従は、中へ入った。

立ち上がって、敷居を跨《また》ぎ、次之間へふたたび座して平伏するという、たったそれだけのことでも、義輝の動作には礼法に適《かな》った流れるような美しさがある。

その雅《みや》びた挙措に、列座の者たちは、しぜんと我が身をかえりみてしまったのか、誰もが居住まいを正す。

正してのち、そのことに気づいて、こんどは皆、顔を赧《あか》らめ、怒ったような表情になった。対手は一介の牢人者ではないか、とあらためて思い至ったのである。

直朝ひとりだけ、微笑を湛えてうなずいていた。

その直朝まで驚かせたことに、小姓らが御簾を巻き上げはじめたではないか。公方が牢人者の前におもてをさらすなど、きわめて異例のことといわねばならぬ。

それと同時に、屈強の侍たちがやってきて、広縁や廊下に端座する。義輝主従を包囲した恰好だ。

（晴氏公には、またしても、あらぬ疑心をお抱きあそばされたのか……）

そうに違いない、と直朝は暗澹《あんたん》たる思いで嘆息した。

古河公方家の歴代は、昔日の勢威を回復すべく、いくさに明け暮れる中で、結局は群雄に利用されて衰微の一途を辿《たど》ってきた。別して晴氏は、祖父政氏と父高基が、上杉氏の思惑や北条早雲の策略によって幾度も仲違《なかたが》いをし、ついには父が祖父を追放するという悲劇に直面している。晴氏自身、そうした骨肉相食《は》む過程で北条氏綱《うじつな》のむすめを娶《めと》らされ、氏綱・氏康《うじやす》父子に踊らされて、おのが叔父である小弓御所足利義明の一族を討った。氏綱のむすめというのが、のちの芳春院である。

そして、氏綱が没し、梅千代王丸が誕生すると、晴氏は北条氏康より蔑《ないがし》ろにされはじめる。関東制覇の野望を燃やす氏康が、妹の産んだ梅千代王丸を早く古河公方の座に就け、思うがままに操ろうと考えるのは、むしろ当然なのだが、晴氏にすれば裏切られた思いであった。

晴氏は、北条氏との友好を反故《ほご》にし、上杉氏と結んで、北条方の武蔵国河越城を落とそうとしたが、氏康の奇襲に大敗する。頼みとする上杉憲政《のりまさ》も越後へ奔《はし》ってしまい、これで結局、武蔵一国が北条氏の手に帰するところとなった。古河に孤立した晴氏には、二年前、氏康から隠居をなかば強制されたとき、これを拒否するだけの実力が残っていなかった。

つまるところ晴氏は、名門の苦労知らずにすぎぬのだが、いつのまにか、その心には、自分は貧乏くじばかり引かされているという被害妄想が募り、側近の数名のほかは、まったく信用しなくなってしまったのである。

（あわれな御方である……）

と直朝は思う。だが、わが子の命の恩人まで疑うような真似は、度をこえていよう。それとも何か別の理由があるのか。

「霞新十郎とやら、おもてをあげよ。直答《じきとう》をゆるす」

晴氏みずから、義輝へことばをかけた。神経質そうな高い声である。

おもてをあげた義輝は、顔色を変えなかったが、心中では落胆した。

（関東の公方がこれか……）

勇猛果敢な坂東武者を統率せねばならぬ者が、公家のように眉を剃《そ》り、歯に鉄漿《かね》をつけ、うっすらと化粧しているとは。

片や晴氏は、対手の堂々たる佇《たたず》まいに、一瞬たじろいだふうに見えたが、すぐにあごを上げ、胸を反らせた。

「そちに訊《たず》ねたき儀がある。包み隠さずこたえよ」

礼のことばもなく、いきなりの下問ではないか。

(願ったような人物ではないらしい……)

そうと見極めながら、義輝は軽く頭を下げて返辞とする。

「昨夜、わが室のようす、どのようであった」

「御意を拝察いたしかねまするが……」

「ここにおる芳春院じゃ」

妻を一瞥《いちべつ》した晴氏の視線は、冷やかであった。

両親に挟まれた梅千代王丸が、おどおどと不安げに母親の表情ばかり窺《うかが》っている。

その手を、芳春院はそっとやさしく摑《つか》んだ。

「ありていに申せば、曲者どもと気脈を通じておるような素振りをみせなんだか、それを訊いておる」

「われらは、助けを呼ぶ声を耳にいたして、ただ闘《たたこ》うたのみ。畏《おそ》れながら、ご簾中《れんじゅう》さまのごようすまで、眼が行き届きませなんだ」

「家臣どもが馳せつけたとき、室は泣いておったそうな」

「か弱き女人にあられる。あのような恐ろしきめに遇《お》うてお泣きあそばすは、自然のことと存じまする」

「そちも廻国修行の武士ならば、この足利晴氏の室が誰であるか、存じておろう」

「亡き北条氏綱どのがご息女と承っておりまする」

「そうよ。氏綱がむすめにして、氏康の妹じゃ。早雲以来の梟雄《きょうゆう》一族の女が、あれしきがことで、恐れて泣くものではないわ。これは別して強い女よ」

「………」

義輝は、芳春院を視《み》た。さすがに表情が硬い。

（梅千代王丸をさらわせたのは、氏康であったか……）

晴氏が疑惑とするものの輪郭が見えてきた。

北条氏康は、ついに晴氏を追放する決意を固め、古河を攻めるつもりになったのであろう。その前に、梅千代王丸と芳春院の身を安全な場所へ移そうとしたのではないか。あるいは逆に、晴氏の氏康討伐計画を事前に察知し、御旗となる古河公方奪取で、機先を制したかったのだとも考えられる。

いずれにせよ、晴氏にとっての重大事は、芳春院が氏康と示し合わせていたか否か、その一点に相違ない。

「室はいつ泣きはじめたか」

そのことに晴氏はこだわった。

「いつと仰せられても……」

義輝は、思い出そうとするような素振りをみせながら、すでにはっきりと脳裡に蘇らせていた。芳春院が悲鳴をあげて泣きだしたのは、頭目がおのが腹へ刃を突き立てた瞬間であった。

だが義輝は、黙然と考えるふりを熄《や》めぬ。

なおもこたえぬ対手に苛立ったのか、晴氏が先回りして言った。

「曲者が腹を切ったとき泣いたに違いなかろう」

「さて……」

「そちが首を刎ねた曲者、あれは北条の江戸衆、武蔵羽生《はにゅう》城城代中条《ちゅうじょう》出羽守が弟、左衛門《さえもん》と申す」

左衛門は、芳春院輿入れのさい、輿に付き添ってきた凜々《りり》しき若武者であった。芳春院の幼少時よりその外出には必ず随行したという。

右のことを、晴氏は嫉妬も露《あらわ》な苦々しげな口調で、義輝へ明かした。

「室は、そちらに助けられたあと、曲者が何者かなぞ分からぬと申しおった。いかに夜のこととは申せ、室があの者に気づかなんだはずはない。また左衛門でなければ、室ほどの気丈な女子《おなご》が、曲者の命令に黙して服《したご》うはずもない。なればこそ氏康も、左衛門を寄越したのじゃ」

「畏れながら、大御所さま。それらのお話は、あるじをもたぬ牢人のこの身に、いささかのかかわりもなきこと。かまえてご無用に願い上げ奉りまする」

「梅千代王丸を助けたときに、かかわったと思え」

「理不尽な仰せられようと存ずる」

たちまち、控えよ、と御取次から義輝へ叱声がとぶ。

依然、平伏したままの浮橋が、さりげなく懐へ右手をしのばせた。得意の武器、飛《とび》苦無《くない》をつかむ。

「玄尊」

と義輝は、御取次の存在など意に介したふうもなく、後ろへ声を投げた。

「おぬしのほうが、よう憶《おほ》えていよう」

「は」

「川の中で輿をうけとめしとき、簾の内より泣き声が聞こえたか」

ちょっと困ったような顔をした玄尊だったが、横に並ぶ浮橋が床につけていた左拳から指を一本伸ばし、こくりと首肯したように関節を折り曲げたので、にわかに自信たっぷりにこたえた。

「しかと聞こえましてござりまする」

これには、晴氏は細い眼の下の肉を顫わせ、

「偽りではあるまいな」

玄尊ではなく義輝へ、怒りを押し殺したような声音で念を押した。

「偽りを申して、われらに益することが何かござりましょうや。わたしは、おのれの従者を信じておりまする」

たしかに、この者らに益することは何ひとつない。それは晴氏も認めざるをえなかった。

しかし、巨漢入道の記憶がたしかならば、芳春院の涙は、恐怖のあまりのことで、左衛門が切腹するところを目撃したからではない。とすると、ひいては芳春院は、曲者の正体を知らず、ましてや氏康と示し合わせた事実もない。そういうことになってしまう。

むろん晴氏は、それらを全面的にうけいれることなどできぬが、この場は芳春院を追及する手だてを失ったというべきであった。

晴氏は、凄い眼で、芳春院を凝視する。

芳春院も負けてはいない。平然と瞶《みつ》め返した。

「妾《わらわ》へのお疑い、本日の夏空のように晴れましてござりまするか」

「晴助」

晴氏は、座を立ち、次之間へ怒鳴った。

上席の者が、はは、と進み出る。簗田《やなだ》晴助という重臣だ。

「今宵より梅千代王丸の寝所の警固を厳にいたし、胡乱《うろん》な者を見つけしときは、有無を言わさず斬り捨てよ」

わめき散らしながら、晴氏は足音も荒く御会所から出ていった。

「承知仕りましてござりまする」

晴氏の捨て台詞《ぜりふ》が合図だったかのように、広縁や廊下の侍衆も、引き下がっていく。

（そういうことであったか……）

直朝はようやく理解した。

晴氏は、霞新十郎の証言から、芳春院が氏康と通じていたと判明したときは、その場で妻を斬り捨てるつもりだったのであろう。となれば、新十郎らに公方家の内紛を目撃させてしまうことになる。その事態に至った場合、新十郎らをもこの場を去らせず殺害するべく、御会所へ入れて包囲したものに違いなかった。

しかし、修羅場は避けられたのである。

「あとは、それがしが」

直朝が列座の者たちへ言うと、一同打ち揃って御会所を出ていった。残されたのは、母子と直朝、そして義輝主従五名である。

「霞新十郎。近《ちこ》う」

と芳春院が置き畳のすぐ前を、掌で差し示した。

義輝は、長身をそこへ運んで座した。

「さあ、公方さま」

芳春院に促され、梅千代王丸が背後に置いてあった衣類を手にとった。

「礼を申すぞ、霞新十郎。昨夜、予《よ》が身に着けておった半臂である。末代までの宝といたせ」

「身に余る栄誉と存じ奉りまする」

頭を下げたまま恭《うやうや》しく受け取った義輝だったが、ふいにおもてをあげると、にこっと梅千代王丸へ笑いかけた。

「公方さま。母君をくれぐれも大事になされまするよう」

梅千代王丸は、対手の無礼を咎《とが》めるどころか、こくりとうれしそうにうなずき返す。

（この子は、聡明だ）

そう義輝は確信した。

この翌年、義輝は、元服した梅千代王丸に、諱《いみな》の上の一字を与えて、義氏と称することを許す。

義輝を瞶める芳春院の双眸が、微かに濡れている。感謝の思いからであろう。美しい姿であった。

だが、義輝は、眼を逸らした。芳春院が愛していたやもしれぬ中条左衛門を、結果的に死に至らしめたのは、自分なのである。

「わが兄氏康は……」

と芳春院が言った。

「謀《はかりごと》多き人ながら、時に意外の策を、にわかに果断に用いることがある。そちのような勇者が公方さまの警固《けいご》をつとめてくれれば、心強い」

義輝は、芳春院の表情に真意を探り、すぐに察した。

「ありがたき仰せなれど、わたしには兵法成就が第一の儀なれば、早々に立ち退く所存にござりまする」

奉公の勧めをことわった義輝は、しかし、ゆっくりうなずいてみせる。

「さようか。残念なことじゃ」

「では、これにてお暇《いとま》仕《つかまつ》る」

「息災でな」

「芳春院さまも」

義輝は、浮橋らを従え、御会所を出て、公方館を辞した。母子には二度と会うことはないであろう。

それから、いったん一色屋敷へ戻り、直朝心尽くしのささやかな酒宴で別れを惜しんだあと、陽が西へ傾きかけたころ、義輝主従は旅立った。

四

星屑の降るようなその夜、渡良瀬川をひそやかに渡渉する一団があった。逞《たくま》しき裸形の男たちが、網代輿を担いでいる。

左岸へ達した男たちは、輿の中から、衣類と忍び刀を取り出すや、手早く身につけていく。総勢二十名ほどであろう。

中に、凄まじき巨軀がひとり。身の丈七尺余、荒々しき木瘤《きこぶ》で固めたような総身の筋肉、逆倒《さかしま》に裂けた双眼、黒々とした髭、牙と見紛う歯。化け物としか形容しようのないこの男こそ、相州乱破《らっぱ》の頭領風魔小太郎であった。

小田原の北条氏康の命令をうけ、いままさに、古河公方梅千代王丸とその母芳春院の身をさらいにゆくところである。風魔衆は、中条左衛門が失敗したときに備えて、羽生城に待機していたのであった。

晴氏もまさか、つづけて翌夜に公方館を侵されるとは夢にも思っていまい。それが氏康の読みである。

全員の支度がととのったとみて、小太郎は無言で動きだす。配下もただちにつづいた。

しかし、かれらは、川原から上がらぬうち、野道より下りてきた五人に、前を塞がれてしまう。

「小田原の衆。退《ひ》かれよ」

ひとり大馬に騎乗の者が言った。義輝である。

小太郎もさる者、対手の風体を見て、これは古河公方の家臣ではないと看破した。

「邪魔立てするやつは殺す」

冷酷な一言を吐いて、小太郎は配下へ腕を振ってみせる。応じた配下は、闖入《ちんにゅう》の五人を包囲した。

「足利晴氏はくだらぬ男だが、まったくのばかではない。向後しばらく、公方館の警固に抜かりはないと知ることだ」

と義輝はつづける。

「おもしろい」

小太郎は、舌なめずりをした。この化け物は、忍びにはめずらしく、血を見ることを好む。厳重な警固陣はむしろ、望むところであった。

「聞き分けのない。晴氏は、いざとなれば、芳春院を手にかけようぞ」

「やむをえぬわ。欲しいのは、公方さまの御身柄だけよ」

「氏康がそう申したか」

「汝《うぬ》に教えることではないわ」

「梅千代王丸は、母だけを頼みとしておる。その母の命を奪われれば、あの子も生きてはいまい。それが分からぬか」

「汝は何者だ」

ようやく小太郎も、尊貴の人々をいずれも呼び捨てにする眼前の若い武士の正体に、興味をかき立てられたらしい。

「霞新十郎」

「聞いたこともない名だ」

「剣にいささかの自負がある」

「どうあっても邪魔立てする気よな」

「邪魔立てではない。退けと申した」

「ほざくな」

怒号を吐きかけざま、小太郎は背へ回していた右腕を、鞍上めがけて振り出した。

忍び熊手が長く伸びた。一節ごとに切った竹を数本、穴へ麻縄を通してつなぎ、その先端に鉤《かぎ》状の熊手をつけたもので、高所へ登るさいの手掛かり足掛かりとするだけでなく、武器としても用いる。

「なに……」

小太郎ほどの者が眼を剝《む》いた。大馬が、熊手を歯に挟んで、受け止めてしまったのである。

そのまま大馬は、前肢を高く棹《さお》立たせ、小太郎を踏み殺そうとした。小太郎の巨軀が、横っ飛びに、川原を転がる。

頭領の危機に、風魔衆の包囲陣に動揺がはしった。

「おうりゃあ」

大薙刀を頭上で回転させながら、玄尊が包囲陣の一角を崩していく。

浮橋の飛苦無が飛び、真羽の石礫《いしつぶて》が放たれる。小四郎は、地にへばりつくように滑らせた小軀を、ふいに風魔衆の背後へ出現させ、かれらの足をかっぱらった。

下馬した義輝は、網代輿のほうへ妲己《だっき》の鼻面を向け、その尻を叩いた。

「踏み潰すがよい」

星月夜へ高く嘶《いなな》いた赤毛の巨大牝馬は、飛ぶように奔《はし》って、たちまち網代輿まで達し、その屋根を前肢で踏みつける。川音を掻き消す破壊音が、あたりを圧した。

義輝は、殺到する風魔衆を、愛刀大般若長光《だいはんにゃながみつ》二尺四寸余の刃の下に、次々と斬り伏せてゆく。

「汝があ」

小太郎は、忍び刀とよぶには、おそろしく長大な一刀をすっぱ抜き、力まかせに義輝へ襲いかかった。あまりの怒りに、冷静さを失っている。

「一色直朝、ご助勢仕る」

その叫びは、上流から棹さしてくる舟より発せられたものであった。三艘いる。

直朝は、霞新十郎と芳春院との御会所での別れ際の会話から、この変事あることを見抜き、新十郎主従を見送ったあと、夜に入ってから川舟に家来を分乗させ、待機していたのであった。

「いかがいたす」

と義輝は、長光を青眼《せいがん》につけたまま、小太郎の進退を問う。

「霞新十郎。汝が名、おぼえておくぞ」

憎々しげに吐き捨ててから、小太郎は川原を下流のほうへ走り去った。生き残った風魔衆もつづく。

「すまぬが、わたしはいずれ、霞新十郎の名を忘れるやもしれぬ」

闇に没していく小太郎の背へ、義輝は悪戯《いたずら》っぽい笑みを浮かべて言った。

（これで、芳春院へのいささかの償いができたか……）

と義輝は思う。左衛門を死なせてしまったことの償いであった。

このわずか数カ月後、北条氏康を討とうとした足利晴氏は、かえって古河城を攻め落とされて相模国波多野に幽閉され、芳春院と梅千代王丸の母子は氏康の庇護下に入ることになる。のち梅千代王丸は、形式だけながら最後の古河公方として、本能寺の変の年まで生きつづけた。

浮橋、玄尊、小四郎、真羽が、義輝のもとへ集まる。いずれも、かすり傷ひとつ負っていない。

直朝も、舟を下りて、馳せ寄ってくると、

「曲者どもは」

とあたりを見回す。

「どうも小田原衆は、逃げ足がはやい」

そう言って笑った義輝の相貌を、直朝はあらためて、まじまじと眺めた。

「まこと、そこもとの素生は……」

「一色どの、頼みがござる」

「こやつらのことであろう」

川原に転がる風魔衆の屍《しかばね》を見渡した直朝は、わかっておる、と請け合った。

「大御所さまが再び、芳春院さまにあらぬ疑いをおかけあそばしてはならぬゆえ、それがしがひそかに始末いたす」

「古河公方家にも人はいてござるな」

「誰にも明かさぬ。是が非でも、そこもとの素生を聞かせてもらいたい」

ほとんど縋《すが》るような目つきの直朝であった。

「お信じにはなられますまい」

「いや、そこもとのことなら、たとえ将軍家であると言われても、それがしは信ずる」

すると、浮橋と真羽がこみあげてきた笑いを怺《こら》え、玄尊は誇らしげに鼻をうごめかした。小四郎も、眼をくりくり動かしている。

「まさか……」

直朝の顔の皮が突っ張っていく。

その耳へ、義輝は小声で囁いた。

「ようあてたものだの、宮内大輔」

ふわっと風を起こして、義輝は馬上の人になった。

そこから手を差しのべ、真羽のからだをすくいあげ、おのが前に横座りさせる。

直朝が茫然とするうち、義輝主従は野道へ戻り、そのまま夜の帳《とばり》の中へ溶け込んでしまった。さながら、満天の星のひとつになったかのようである。

（足利義輝公……）

なんという清爽の人であろうか。いや、もしやして、夢であったのか。

直朝は、川原に正座し、将軍の星へ向かって、深々とこうべを垂れた。

義輝異聞　三好検校《みよしけんぎょう》

一

熱い。

おそろしく熱い。

炎の荒れ狂う座敷内、奥の間と控えの間との仕切り戸の陰にひそんで、火の粉を浴びつづける身が、熱くないはずはなかろう。

頭より水をかぶってから、甲冑《かっちゅう》を着けてきたが、疾《と》うに膚着《はだぎ》まで乾き切っている。

なのに、池田小三郎《いけだこさぶろう》の顫《ふる》えは、とまらなかった。

(き……鬼神だ)

その人は、階《きざはし》段の下に床几《しょうぎ》を据《す》え、周りにあまたの太刀を突き立てて自陣とし、そこから打って出る。

血糊《ちのり》や刃こぼれで、手のうちの太刀の斬れ味が鈍ると、悠然と自陣へ戻って新しい太刀に取り替え、また敵中へ斬り込む。これを飽かず繰り返す。

味方はいない。孤剣の舞である。

だが、剣聖塚原卜伝より、秘剣一《ひとつ》ノ太刀を伝授されたというその人の剣技は、言語を絶した。

炎上する書院前の広庭を埋め尽くす夥《おびただ》しい数の三好・松永の軍兵が、その孤剣の刃圏内から逃れるべく、ひたすら悲鳴をあげて逃げ惑うばかりであった。

それでも、逃れられるものではない。その人の縦横無尽の疾走は、広庭に屍山血河を現出し、三好・松永勢にとっては地獄を見せつけられる思いであろう。

ただ、その人は尊貴の身である。

いずれは、自刃すべく、座敷へあがってくるはずであった。

そこを狙《ねら》って手柄にせん、と池田小三郎は仕切り戸の陰にひそんだのだが、いまは、その人の凄絶な剣技と、おのずからあたりを払う威風とに、武士として、また人間としての格の違いを思い知らされ、烈しく後悔している。

とても、斬りかかる勇気は出ない。なればこその総身の顫えであった。

逃げ出したい、と思った。が、それもできぬ。足が竦《すく》んで動かないのである。

小三郎の進退は谷《きわ》まったというべきであった。

このとき、炎と黒煙の向こう、その人が階段から縁《えん》へ上がってきて、ちらりと上空を仰ぎ見る姿が、小三郎の眼に飛び込んできた。

未明から降りつづいていた小雨が熄《や》んだことに、小三郎もいま気づいた。

小具足姿のその人の長身が、一瞬、鮮やかに浮き立った。天空から降り注いだ一条の光に包まれたのである。

その人は、壁や天井を紅蓮舌に舐《な》めまわされる控えの間へ、なんの躊躇《ためら》いもみせずに、踏み入ってきた。

「公方《くぼう》おおっ」

誰の発したものか、広庭から、その叫びがあがった。

室町幕府十三代将軍・足利義輝が、奥の間へ向かって、ゆっくり歩をすすめてくる。

無意識であったろう、仕切り戸の陰の小三郎は槍を畳へ横たえた。

義輝が入ってきたら、脚を薙《な》ぎ払って倒し、そこを突く。はじめに想い描いていた行動へ向けて、躰《からだ》が勝手に動いたのである。

だが、柄を握る両手の顫えは、一層烈しくなった。

銃声が一発、轟き、軍兵らのどよめきが湧いた。

が、義輝が撃たれた気配はない。

控えの間と奥の間、その境の敷居を、義輝の右脚がまたいできた。

絶対に眼を合わせず、義輝の脚を槍で払うことだけを、自身に言い聞かせていた小三郎だったが、その瞬間が訪れたとき、振り仰がずにはいられなかった。

それこそ小三郎の不運というべきであったろう。

義輝の相貌を仰ぎ見た双眼へ、天井からどっと落ちてきた燃え木が突き刺さったのである。

「ぎゃあああっ」

おのれの悲鳴に驚いて、小三郎は夜具をはねのけた。

忽《たちま》ち、隣室から、廊下から、戸が開けられ、屈強の男たちが跳び込んでくる。

「いかがなされた、検校《けんぎょう》どの」

「賊にござるか」

「ばかな。賊の忍び入る隙などないわ」

男たちが、強盗提灯《がんどうちょうちん》や手燭を小三郎へ向けて、口々に言う。

検校とよばれた通り、小三郎は、坊主頭で、盲《めしい》であった。

開かぬ双眼と、そのまわりの皮膚は、火傷《やけど》のあとがひどい。

「なぜだ……」

荒い息と一緒に、苦悶の呻《うめ》きを小三郎は洩らした。膚にべっとりくっついた寝衣の衿《えり》を、掻きむしるようにして広げる。

「なぜ、わしがこんな目にあわねばならぬ」

とつぜん叫びだした小三郎は、苛々《いらいら》とまさぐって、掛け具やら、枕やらを摑《つか》むと、それらをあたりかまわず放り投げた。

「将軍は勝手に焼け死んだのだ。わしが殺《あや》めたのではない。皆、聞いておるのか」

わめいたが、応《いら》えは返ってこぬ。

警固の者たちは、憐れむような、蔑《さげす》むような、微妙な表情を浮かべて、黙然と小三郎を見下ろすのみであった。

二

小三郎の出自は、細川管領《かんれい》家が摂津国主だったころ、その被官として、同国の池田城を居城とした池田氏の一族で、代々、丹後守を称する家である。

父を丹後守教正《のりまさ》という。

小三郎には同年の許嫁《いいなずけ》がいた。

名を奈々といい、城主・池田久宗の家臣で、足軽小頭をつとめる者のむすめであった。

奈々は、その容姿をかわれて、十六の年で城へ女中奉公にあがった。

しばらくして、ときの将軍義晴（義輝の父）が遊山の途中で池田城を訪れたとき、奈々の美貌をその眼にとめた。

久宗は、小三郎と奈々のことを承知しており、義晴への返辞をしばらく延ばしてくれた。

しかし、将軍直々のお声懸かり。断るとすれば、相当の覚悟が要る。

そうした主君の苦衷を察して、教正は、伜《せがれ》めのことならお気になされますな、と久宗へ告げた。

自分に一言の相談もなく、事が進められていたことを小三郎が知ったのは、奈々が必死の思いで綴《つづ》った書状《ふみ》によってである。

城の奥向きにつとめる奈々が、宿下がりのできる日は数えるほどしかなく、懇意の出入り商人に書状を託して、小三郎へ届けたものであった。

公方様の側室になるのはいや。城を抜け出しますゆえ、迎えにきて、一緒にどこかへ逃げて下さい。そうしたためられていた。

約束の夜、奈々を迎えに走らんとした小三郎の前に、どうして知ったのか、父教正が立ちはだかった。

「奈々との逐電《ちくでん》はならぬぞ」

将軍が側室にと望んだ女子《おなご》を伴《つ》れて逐電などすれば、主君久宗の立場を危うくする。小三郎とて、武士の子ゆえ、それくらいのことは分かる。分かるが、しかし、血気熾《さか》んな若者には理不尽にすぎた。

以後も小三郎は、奈々に会うことを許されなかった。

ほどもなく、奈々は義晴の側室にあがる。

理不尽は、それだけで終わらなかった。

一年余り後、上京小川の管領細川邸にて、久宗が謀叛の罪で自刃せしめられ、奈々は連座のかどで捕らえられたのである。

ありうべきことではなかった。

(奈々は、そんな大それたことのできる女じゃない)

小三郎が後に知ることだが、久宗も奈々も、管領細川晴元と、実力者三好長慶《ながよし》との政争のとばっちりを浴びたというのが、事件の真相だったらしい。

一説には、そのころ度々、狂気を発した義晴の突如の乱行によって、久宗は斬り殺されたという。奈々の捕縛についても、そうすることがその場を取り繕うのに都合がよかったからだそうな。

奈々は、やがて、京都北郊の尼寺へ送られた。なんぴとの面会も許されぬ、幽閉にひとしい、無理強いの出家である。

こんな理不尽を二度と押しつけられたくない、と小三郎は唇を嚙みながら思った。

（理不尽を押しつける側になってやる）

それには、おのれ一個を恃《たの》みとして、のし上がらねばなるまい。

槍一筋の働き次第で、城持ちにもなれる世の中である。小三郎はひたすら武技を磨いた。

やがて、細川晴元が没落し、三好長慶が畿内の覇者となるや、池田氏もその麾下《きか》に属し、長慶が本拠を河内飯盛山城へ移したさい、小三郎の家も、これに随《したが》った。

長慶は、キリシタンに寛大な人で、自身は熱心な法華宗信徒だったが、宣教師ヴィレラに布教を許可した。そのため、河内国におけるローマ・カトリックの信仰は、飯盛山城下に教会が建立されるほど盛んになり、名ある武士が多数、入信する。

池田教正も、そのひとりであった。

教正は、子どもたちも受洗させたが、ひとり小三郎だけが、その教えに馴染《なじ》めず、これを拒んだ。

しかし、実は小三郎が拒否したのは、キリシタンの教えではなく、父その人である。奈々を奪われて以来の不仲は修復されていなかった。

そのころ、わが手に属さぬか、と誘いをかけてきたのが、長慶の寵臣松永弾正《だんじょう》久秀であった。

当時、大和経略に奔走中だった弾正は、いくさに強い武士を欲していた。

或いは弾正は、朝廷対策に絡んで、キリシタン嫌いの公家竹内季治《すえはる》らと親しく交わっていたこともあって、その入信を断固拒否した小三郎のような男を召し抱えることが、おのれに利すると考えたのかもしれぬ。

いずれにせよ、それまで、殊勲を挙げても、庶子の身ゆえにさしたる出世ができず、悶々としていた小三郎にとって、願ってもない誘いであった。弾正は、自身が成り上がりのせいか、どんな軽輩であろうと、手柄さえ立てれば、それに見合った昇進や褒美を与えることで知られていたのである。

弾正の手下《てか》となった小三郎は、その大和攻略戦に奮励して頭角をあらわし、ほどなく百人の兵を預かる物頭《ものがしら》に昇格した。

弾正自身が、長慶の信任を得て、異数の出頭人として絶頂期にあり、小三郎の前途も洋々と思われた。

しかし、永禄八年（一五六五）五月十九日朝、小三郎の運命は一変する。

その日の未明、三好軍団は、ほぼ一年前に卒した総帥長慶の喪を秘したまま、その名のもとに、京都二条の公方御所に将軍義輝を急襲したのである。

事実上の総司令官は、むろん弾正であった。長慶の養嗣子義継も、三好長逸《ながゆき》・三好政康・岩成友通《いわなりともみち》ら三好三人衆も、なかば弾正にひきずりこまれる形で、将軍弑逆《しいぎゃく》の大悪事に加担した。

「公方の首級を挙げよ、小三郎。侍大将にしてやる」

弾正のこの一言が、小三郎をして、功に逸《はや》らせた。

炎上する書院の座敷うちにひそんで、義輝が入ってくるのをひたすら待ったのも、それゆえのことである。

双眼を血だらけにして、劫火《ごうか》の中から外へ転がり出たとき、小三郎は、首級こそ挙げられなかったが、義輝に槍をつけたと大声でわめき散らした。

ほかに目撃者のいない、その証言が、のちに『足利季世記』の記述につながったのであろう。

「三好方池田丹後守が子、こさかしきやからにて、戸の脇にかくれて御足をなぎてければ、ころび給ふ上に、障子を倒しかけ奉り、上より鑓《やり》にて突き奉る」

松永勢の勲功第一は、小三郎と決まった。

だが、双眼を失った身で、侍大将はつとまらぬ。

「代わりの褒美じゃ」

と過分の金銀をとらせたあと、弾正の口から吐かれた非情の言葉に、小三郎は愕然となった。

「それで当道《とうどう》に入ることだ」

盲人に官位を与え、その職業を保護する制度を当道といった。当道座の本所には、久我家が仰がれていた。

「それがしに琵琶法師になれとの仰《おお》せにござるか」

小三郎は、身を顫わせた。

たしかに戦場を馳駆することは叶わぬ身となったが、帷幄《いあく》にあって軍師をつとめるぐらいの自信のある小三郎であった。或いは、御伽衆《おとぎしゅう》でもよい。武士の身分を棄てるなど、考えたこともなかった。

「心得違いを致すなよ、小三郎。使えなくなった家臣など、弊履《へいり》を棄つるが如く放たねば、乱世に生き残ることはできぬわ。褒美をとらせただけでも、この弾正の恩情と思え。それだけあれば、かね貸しができよう」

「お屋形さま」

「去《い》ね、秀一《ひでいち》」

「秀一……」

「おぬしの当道名よ。わが名、久秀の一字を与えた。手向《たむけ》とおぼえて、粗略に致すな」

松永家を召し放たれた小三郎は、父を頼ろうとしたが、驚いたことに、

「とうに勘当したはず。池田家の敷居をまたぐこと相ならぬ」

と教正から、にべもなく追い返されてしまう。

たしかに教正には、弾正の手下となることを反対されはしたが、父子の縁を切ると宣告された記憶はない。

結局、三好軍団中では、誰ひとり、小三郎を召し抱えようとする者はいなかった。

盲であることだけが原因ではない、と漸《ようや》くにして小三郎にも分かってくる。

小三郎自身の証言によって、その槍をつけられたとされる足利義輝は、前代までの

軟弱な将軍たちと違って、その武芸達者と剛毅の質とで京童《きょうわらべ》に人気が高かった。ために、その死を惜しむ者は尠《すく》なくない。

火炎の中で、心静かに自裁せんとしたその義輝を、待ち伏せて脚を払って倒し、障子を被せて槍で貫くなど、犬畜生にも劣る所業ではないか。池田小三郎は、卑怯千万の極悪人である。

そういう怒りの声が、京童の間に澎湃《ほうはい》としてあがっていたのである。

それでも敢えて小三郎を召し抱えるとすれば、これは火中の栗を拾うにひとしい。小三郎が三好軍団から敬遠されるのは当然のことであろう。

折しも、松永弾正と三好三人衆が、長慶亡き後の三好政権の頂点の座を争って決裂し、畿内は戦乱の巷と化していた。

だが、京都だけは、台風の目のように、不気味な穏やかさを保った。

武士の身分を棄てるほかなくなった小三郎は、当道座に属して座頭の階級を得て、市中に屋敷を構え、弾正より与えられた財貨を元手にかね貸しをはじめる。むろん、素生《すじょう》をひた隠しに隠した。

(検校《けんぎょう》にのし上がってやる)

当道というのは、治外法権的な団体ゆえ、検校ともなれば、それこそ禁裏への昇殿も、将軍との面謁も、望めば叶った。だが、検校・別当・勾当《こうとう》・座頭の四官と定められていた当道の最高官たる検校へ昇るには、本所に莫大なかねを上納せねばならぬ。

座頭の秀一のかねの運用が少額のうちは、京童もその素生を詮索しなかった。

ところが、急速に秀一が財を蓄え、勾当、別当と昇官するに及んで、その強欲なまでのかね貸しぶりに憤った者たちによって、素生は暴かれてしまう。

「かね貸し秀一の正体は、義輝公を槍にかけた池田小三郎や」

小三郎が、ついに検校へ昇りつめ、東洞院に新たに大きな屋敷をもったときには、京では、その素生を知らぬ者などひとりもいなかった。

「三好検校とて京に居けるを諸人にくみける」

と『足利季世記』の記す通り、人々は、小三郎を、三好検校と称《よ》んで憎んだ。

小三郎の屋敷へは、さかんに石やら汚物やらが投げ込まれた。

さらには、夜道にはせいぜい気をつけろとか、屋敷に火を付けてやるとか、そういった罵声も塀外から浴びせられた。

某夜、何者かが東洞院の屋敷へ忍び入ってきたことがある。

そのとき偶々《たまたま》、小三郎は厠《かわや》へ行くため、ひとりで廊下を伝っていた。

自邸内では、勘でどこへでも行き着ける訓練をしていた小三郎だけに、厠へ立つのにも案内は不要であった。

廊下の角を曲がったところで、小三郎は、おのれのすぐ前で人の立ちすくむ気配をおぼえた。

眼の見えぬことの恐怖を、これほど強く感じたことは、かつてなかった。

小三郎は、常に肌身から離さぬ懐剣を抜き、気配の発するところへ斬りつけた。

悲鳴があがった。すると、なおさら、小三郎の中で恐怖は増幅した。

あとはもう無惨そのものである。

小三郎は、わめき散らしながら、対手《あいて》をめった突きにした。

起きだしてきた奉公人が止めるまで、その刺突は熄まなかった。対手は血の海の中で、とうに絶命していたのである。

ただのこそ泥で、武器を何ひとつ持っていなかった。

小三郎が牢人者を多数抱えるようになったのは、このときからである。

それで、石や罵声を浴びせられることはさすがになくなり、小三郎は漸く心に平穏を取り戻すことができそうになった。

その矢先である、屋敷へ書状が投げ込まれたのは。

仇討ち所望　光源院党

書かれていたのは、それだけである。

小三郎は蒼ざめた。

光源院は義輝の法号である。

それを、わざわざ党名にするところをみれば、義輝の残党に違いない。

いつか、こんなときがやってくるのではないか。実を言えば、小三郎の心の片隅には、いつもその恐怖が、小さな塊として存在していた。

投げ込まれた書状によって、それは、にわかに巨大な塊に膨《ふく》れ上がった。精神を蝕《むしば》むどす黒い腫瘍というべきであった。

「仇討ち所望　光源院党」

それのみを記した書状は、時には門扉の下に置かれ、時には塀外へ伸び出た枝に結びつけられ、また風の強い日に舞い込んできたりもした。

いつも日中のことである。

が、それでも、警固の牢人たちが、書状のぬしを捕らえることはできない。

日中の京の往還は、人通りが絶えぬゆえ、書状を見つけてから外へ跳び出したところで、屋敷前の道を往き来する種々雑多な人々の中から、怪しい者を特定するなど不可能であった。

小三郎は、警固者を増やし、外出を控えた。

そうすることで安心感を得ようとしたのだが、かえって小三郎の恐怖は募った。数百の三好・松永勢を対手に、鬼神の如き強さを見せつけた義輝の姿が、脳裡にまざまざと蘇ってくるのである。

むろん義輝その人は、すでにこの世の人ではない。だが、自分を討たんという一党が、義輝の法号の下に結集したのだと思うと、小三郎は五体の顫えを止められなかった。仕切り戸の陰で、義輝の入ってくるのを待っていたときのように。

そして、小三郎は、悪夢に魘《うな》されるようになった。

三

「中路《なかじ》勘《かん》之丞《のじょう》どのか」

錦小路の妾《おんな》の家の前へきたとき、塀際から湧き出た黒影に、呼び止められた。

「いかにも、中路勘之丞である。そういうお手前は、何者か」

訊《き》き返しながら、勘之丞は、差料《さしりょう》の栗形《くりかた》に左手を添えた。

松永弾正麾下の中路勘之丞は、たったいま大和の戦陣から京へ引き揚げてきたところである。

といって、いくさが終わったのではない。三好三人衆との鬩《せめ》ぎあいは依然としてつづいている。

松永弾正は、士気を衰えさせぬよう、絶えず腐心する男で、滞陣が長引くと、

「女を抱いてこい」

と士卒を、束の間、交代で解放してやることが、しばしばあった。

勘之丞は京に妾がいる。

配下の者とは、室町通と錦小路の角で別れた。かれらにも、思い思いのところで、発散させてやらねばならぬ。

あとは、夜道とはいえ、よく知った往還である。明かりも持たずに、妾の家の前までやってきた勘之丞であった。

「何者かと訊いておる」

うっそりと佇《たたず》んだなり、返答せぬ黒影を、勘之丞は再び誰何《すいか》した。

「名乗っても、分かるまい……」

なれど、と黒影はつづける。

「小侍従《こじじゅう》ノ御局《おつぼね》さまを護《まも》り切れなんだうつけ者と申せば、いくらか思いあたってもらえよう」

自嘲気味に吐き出されたその言葉に、勘之丞は、はっとした。

(小侍従ノ御局……)

三好・松永に弑逆された将軍義輝の寵妃である。

将軍御所急襲の折り、義輝の正室ばかりは関白近衛前久《さきひさ》の実妹ゆえ、その身を近衛家へ恙《つつが》なく送り返したいと三好長逸が申し出て、これを義輝は容《い》れた。

そのさい、御所を出る正室の一行の中に、小侍従は変装して紛れ込み、いったんは逃れ出たが、直ちに松永弾正に露顕するところとなり、賀茂川を渡ろうとしたところで、松永勢の追手に捕縛される。

弾正は、時を移さず、小侍従を知恩院へ護送し、その細首を刎《は》ねさせた。

その首斬り役こそ、中路勘之丞であった。勘之丞は、松永軍団の中で、剣をとっては屈指の遣い手なのである。

小侍従は、臨月の身でありながら、毛筋の先ひとつ取り乱さず、長き黒髪を高々と持ちあげて、首を差し伸べた。

勘之丞は、自分ほどの極悪人はこの世にいないと思わざるをえず、太刀をもつ手が慄然《りつぜん》と顫えた。

そのため、初太刀を小侍従の左頬へ斬りつけるという醜態をさらしてしまう。

「無様《ぶざま》」

と小侍従にきめつけられ、夢中で振り下ろした二ノ太刀で、首を落としたのである。

そのあと勘之丞は、胃の腑に溜まっていたものを、すべてもどした。

あれほど後味の悪い役目はなかった。

それでも、あれからすでに、三年余の月日が流れている。忌まわしい映像は、薄れかけていた。

眼前の黒影は、おそらく小侍従の護衛隊の生き残りなのであろう。

だが、奇妙であった。

（皆殺しにしたはず……）

いや、ひとりだけ逃げたような、記憶がないでもない。といって、咄嗟《とっさ》には名を思い出せぬ。

「名乗れ。土饅頭ぐらいは作ってやる」

勘之丞は、自信の一言を吐いた。剣を交えて敗れたことはないのである。

「朽木《くつき》鯉九郎が弟子にござる」

「朽木……」

剣に満腔《まんこう》の自信をもつ勘之丞をして、顫えあがらせるに充分な勇名であった。

将軍義輝に、その少年時代から武芸を仕込み、剣聖塚原卜伝より秘剣を伝授されるに相応《ふさわ》しい剣士にまで育てあげた男。

朽木鯉九郎が、御所炎上のとき、最後の防御線たる屏重門《へいじもん》を背に、殺到する三好の軍兵を、義輝拝領の青江貞次が折れるまで斬りまくった武勇は、ほとんど伝説と化している。

黒影が、すっと腰を落とし、差料の栗形を摑んで、鞘《さや》ごとわずかに前へ送った。

(居合をつかう)

そうと察して、勘之丞は、先に右手を大刀の柄へかける。

黒影の右腕は、だらりと下げたなりで、動かぬと見えた。

一瞬、風が吹いた。

黒影の右袖が、ぱたぱた、はためいた。

(右腕がないのか)

勘之丞が気づいた瞬間、黒影の左腰から銀光が噴いて出た。

左手で抜かれた剣は、勘之丞の右頸を下から撥《は》ね斬った。

闇の中で、血が奔騰した。

勘之丞は、抜き合わせることもかなわず、右手を柄へかけたまま、どうっと横倒しに地へ転がった。

どこかで、ひいっと女の悲鳴があがった。

黒影は、勘之丞が訪ねるはずだった家をちらりと見やったが、死体の着衣で拭いをかけた刀身を鞘におさめると、そのまま立ち去っていく。

黒影が闇に没し去ったあと、空咳が起こり、それがなかなか熄まなかった。

四

夜が明けても雨は降り熄まぬ。

たっぷり雨水を含んだ草葺《くさぶ》き屋根の下で、大森伝七郎の心も重くじっとりと濡れていた。

（三十郎はもはや長くは生きられまい……）

思えば、一場の夢のような歳月であった。

伝七郎と亀松三十郎は、いずれも、山城国西岡の郷士の伜《せがれ》で、幼いころより兄弟のように仲が良かった。

西岡は、京都西郊の桂川と西山丘陵に挟まれた一帯を指す。

乱世の子ゆえ、二人とも、風雲に乗って世に出たいと望んだ。そのために、武技を錬《ね》った。

どうせ仕えるのなら、夢は大きく、将軍家と思いきめたのは、さすがに京都に近い土地に育ったからであろうか。

伝七郎十七歳、三十郎十五歳のとき、両人揃って出奔した。

当時、将軍義輝は、三好長慶と対立する細川晴元に担がれ、近江国の朽木稙綱《たねつな》のもとへ落ちていた。

いきなり将軍の家来にしてくれと朽木館を訪れた名もなき若者たちを、無下に追い払いもせず、その武芸の腕を試してくれたのが、朽木鯉九郎である。

むろん鯉九郎に敵《かな》うはずもなかった。惨々に打たれた。それでも二人は弱音を吐かず、向かっていった。

「よき性根だ」

こうして鯉九郎の弟子になった二人だが、義輝に会わせてもらえたのは、朽木館で暮らしはじめて二年後のことであった。

二人はあとで知らされるが、当時の義輝は、朽木に逼塞《ひっそく》中のふりをして、実は隠密裡の廻国修行旅へ出ていたのである。

足利義輝という人は、日輪のような輝きをもつ傑物で、伝七郎も三十郎も圧倒された。世に出たいなどという野心は、きれいさっぱり消え失せてしまった。

（この御方のために命を抛《なげう》つこと。それこそ、われらの無上の歓び……）

若狭武田家の旧臣のむすめだという小侍従が、義輝の側室となったのは、それから間もなくのことであった。

小侍従は、深窓の女人《にょにん》とは到底信じられぬほど、物言いも身ごなしも軽やかで、誰にでも気さくに声をかける。

それは、上流の女性が気まぐれに下々へ語りかける、優越感の籠《こ》もったものとは、まったく異なっていた。小侍従は、身分という垣根を、ごく自然に越えることのできる稀有《けう》な人間とみえた。

そういう小侍従に、若い三十郎がひそやかな思慕を抱いたのを、伝七郎は無理もないと感じた。

義輝最期の日、二条の将軍御所から小川の近衛邸まで正室を送り届けるのに、両名はその護衛の任を、義輝より直々に命じられる。

が、正室の身が危うくされる惧《おそ》れはない。伝七郎と三十郎に課せられた真の任務は、正室の乳母を装《よそお》って御所を出る小侍従を、落ちのびさせることにあった。

かれらの不運は、御所に小侍従不在のことが、思いのほか早く、松永弾正に知られてしまったことであろう。

身重の小侍従を抱えて、松永勢の追手を振り切るのは不可能であった。伝七郎と三十郎を含めて、護衛者は十名ほどいたが、次々と討たれていく。

賀茂川べりまで来たところで、ついに三十郎も敵の刃を浴びてしまう。

三十郎が全身をめった斬りにされ、土手から川へ転がり落ちたのを目にした小侍従が、自身も白刃に囲まれながら、伝七郎へ命じた。

「三十郎をお助けなさい」

伝七郎は、小侍従の温情に胸を詰まらせたが、思いもよらぬことと言い返した。

「それがしの役目は、御局さまを近江へ落とし奉ること。死人をかまっている暇《いとま》はございませぬ」

「つれないことをお言いかな。三十郎は、そなたには、実の弟も同然の者ではないか。

せめて、息があるや否や、それをたしかめるだけでもなさいませ」

「御局さま……」

「さ、早く」

「御免」

伝七郎は、土手を滑り降りて、今しも川中へ押し流されそうだった三十郎の躰を抱えた。

微《かす》かながら、息があった。

そこへ、松永の兵が躍りかかってきたので、伝七郎はこれを斬っ払った。

瞬間、三十郎の躰が、流れにもっていかれた。折しも梅雨の時季で、ほとんど連日の雨が賀茂川の水嵩《みずかさ》を増し、流れを急にしていたのである。

伝七郎は、夢中で、流れの中へ飛び込んだ。

両人は、あっという間に、下流へ運ばれていった。

それが結果的には、伝七郎と三十郎の命を救うことになったのである。

三十郎は右腕を肩の付け根より断たれていた。残党狩りの眼を逃れながら、伝七郎は、金瘡医《きんそうい》を見つけて、三十郎の無数の刀創の手当てをした。

鍛え上げられた若い肉体は、二カ月余りでしっかり歩けるまでに恢復《かいふく》する。

ちょうどそのころ、松永弾正の弟で、三好軍団きっての猛将といわれた松永長頼が、丹波黒川城包囲戦で逆襲に遇って戦死し、それで丹波一国を喪《うしな》った三好政権は、混乱を生じさせていた。

もはや残党狩りどころではなかろうと看《み》た伝七郎は、この隙に三十郎を伴れて京を抜け出し、美濃へ向かった。

美濃国岩村に、大森家の縁者がいるのである。

岩村では二年半、過ごした。

その間、三十郎は、心に期すことがあったのだろう、左手だけで剣を揮《ふる》う習練を日夜、繰り返した。

無理な習練が祟《たた》ったのか、三十郎は労咳《ろうがい》を病み、みずから死期を悟った。

「故郷の土の上で死にたい」

という三十郎の願いを容れ、伝七郎は二人して山城国西岡へ戻り、生まれ故郷の東村のはずれに、それぞれ茅屋《ぼうおく》を建てた。

弾正と三人衆の対立はますます激化しており、いまさら残党狩りでもあるまい。その安堵《あんど》もあった。

西岡へ戻ってからの三十郎は、たびたび京市中へ出かけた。何かを調べているように思われた。明け方まで帰らぬこともあった。

「もう京へは行かぬ」

三十郎が伝七郎を訪れて、そう言ったのは、五日前の未明のことである。

着衣に血が付いていた。

「中路勘之丞を斬った」

その一言で、伝七郎はすべてを察した。

三十郎は、思慕しつづけた小侍従を護衛し切れなかったことを悔やみ、慚愧《ざんき》し、その復讐の対象を、小侍従の首を刎ねた中路勘之丞と定めて、これを討つ機会を窺《うかが》っていたのである。

伝七郎とて、義輝が弑逆され、小侍従が刎首《ふんしゅ》された直後は、三好・松永を皆殺しにしても飽き足らぬと思ったが、時が経《た》つにつれ、その怒りは鎮静していった。自分でも意外だったが、人間とはそうしたものかと嘆息するばかりであった。

それだけに、伝七郎は、片腕となりながら小侍従の敵を討った三十郎の前で、おのれを慙《は》じないではいられなかった。

その日から、三十郎は床に就いた。緊張から解き放たれて、溜まっていた疲労が一挙に吹き出したのであろう。

伝七郎は、日に三度、食べ物を携えて、三十郎を見舞っている。二人の家は、五十間と離れておらぬ。一緒に寝泊まりしてやりたいのだが、病がうつってはいけない、と三十郎が拒むのである。

寝床を払った伝七郎は、雑炊の支度をするべく、囲炉裏《いろり》に火をおこした。

そのとき、雨音の中に、忍び寄る不穏の気配を感じ取った。一人二人ではない。

(何者か……)

ひとつしかない出入口の前を塞がれたようである。

伝七郎は、棚から、藁《わら》にくるんで蔵《しま》っておいた陣刀を執った。

そうして土間へ下り、隙間風の洩れ入る戸の外へ声を懸ける。

「寄せ手の衆。もしお手前らが武士なれば、堂々と名乗られい」

束の間の沈黙の後、殺気を露《あらわ》にした声が返ってきた。

「大森伝七郎だな」

いかにも、と伝七郎は応じる。

「光源院党とは、おぬし一人か」

「光源院党……」

何のことやら、伝七郎には分からぬ。或いは、亡き義輝の法号を名乗った一党ということであろうか。

「しらをきるつもりなら、それでもよいわ。なれど、松永どのご配下の中路勘之丞を斬ったことまで知らぬとは言わさぬ」

そうであったか、と伝七郎は漸く思い至った。

だが、戸外の者たちは、勘之丞を斬った人間を、どうして大森伝七郎だと思い違いしているのか。まさかに、三十郎が勘之丞を斬るときに、大森伝七郎を名乗ったとは思われぬ。

伝七郎の満面に、笑みが広がった。

対手は多勢ゆえ、おそらく斬死することになろう。

対手の思い違いを、わざわざ正してやる必要はない。自分が死ねば、三十郎へ危害が及ぶことはないのである。

「いかにも、中路勘之丞は、それがしが斬った」

伝七郎は、板戸へつつっと寄ると、心張棒をはずして、また元の位置へ戻り、陣刀を抜き放つや、

「汝《うぬ》らも、わが刃《やいば》の銹《さび》となるか」

寄せ手を挑発した。

「小癪《こしゃく》な」

怒声の放たれた瞬間、伝七郎は、板戸の脇へ素早く身を移している。

板戸が蹴られ、屋内へ倒れ込んだ。

「わあああっ」

闇雲に、槍を突き出しながら跳び込んできたのは、牢人者とおぼしい連中ではないか。

四人まで中へ入れたところで、伝七郎は、四人目の首を横から陣刀に貫かせ、その躰を土間へ蹴り倒しざま、戸外へ走り出た。

先の三人は、首から鮮血を噴出させる仲間に腰を抜かし、その場にへたりこむ。

外の牢人勢も、血刀をひっさげて跳び出てきた伝七郎に仰天し、わっと後退する。

わずかに逃げ後《おく》れた者が二名。

伝七郎は、ひとりの頸根を引き斬った陣刀の返す一閃で、辛うじて抜き合わせたもうひとりの刀を撥ね上げざま、その眉間へ真っ向から打ち込んだ。

両人は、なかば池と化した地へぶっ倒れ、泥飛沫《どろしぶき》を撒《ま》き散らした。

銃声が轟いたのは、このときであった。

「うっ……」

右胸に銃弾を浴びて、伝七郎はよろめいた。

前方の木陰から、銃口がのぞいている。

くるっと振り向いた伝七郎は、屋内へ戻った。

そのさい、中から出てきた三人を、いずれもひと太刀で斬り伏せている。さすがに朽木鯉九郎直伝の剣であった。

戸口のほうに顔を向けて、囲炉裏端にどっかとあぐらをかいた伝七郎は、雨に濡れた顔を莞爾《かんじ》と微笑《ほほえ》ませた。

「今ははや、罪造りにをのれらをころしてもなにかせん」

末期《まつご》にその不敵の台詞《せりふ》を吐いたことを、『室町殿物語』は記す。

大森伝七郎は、腹十文字に掻き切って、見事に果てた。

五

「ようやった、ようやった」

小三郎は手を拍《う》って歓んだ。

戻ってきた大森伝七郎襲撃隊の表情と恰好は、惨たるものだったが、視力を喪《うしな》った小三郎には慮《おもんぱか》ることができぬ。

錦小路で中路勘之丞が闇討ちに遇ったことを、その翌日に伝え聞いた小三郎は、勘之丞が小侍従ノ御局の首斬り役だったことを直《す》ぐに思い出し、目撃者がいなかったかどうか、人を遣《や》って調べさせた。

勘之丞の京の妾が、対決場面の会話をはっきりと記憶していた。

「朽木鯉九郎が弟子」

という勘之丞を斬った対手の言葉が、重大な手掛かりになった。

朽木鯉九郎は、義輝の武芸師範というだけでなく、最も信頼する友であった。その弟子であれば、当然、義輝との絆も浅からぬものがあったろう。

とすれば、義輝の愛妾だった小侍従を護り切れなかったことを後悔し、その首を刎ねた勘之丞へ復讐する機会を待ちつづけていたとしても、一向に不思議ではない。

もとは松永弾正の手下だった小三郎である。小侍従を捕らえた松永勢の士卒の話を蒐《あつ》めさせるのに、手間はとらなかった。

かれらの話によれば、小侍従護衛隊の中で最も手強《てごわ》かったのは、石見《いわみ》坊玄尊《ぼうげんそん》なる悪僧と、大森伝七郎と亀松三十郎という者であったらしい。

追手の松永勢は、護衛隊を皆殺しにしたが、ひとり大森伝七郎の生死だけが、判明しなかったそうな。

というのも、伝七郎は、亀松三十郎がずたずたに斬り刻まれて賀茂川へ転落したさい、その死体を引き揚げようとして飛び込み、おのが身も流れにさらわれ、行方知れずになったからだという。

そうと聞いた小三郎は、光源院党と名乗って、仇討ち所望と書いた書状を投げ込んだのは、伝七郎のほかにはありえぬときめつけた。

（そやつが狙うのは、小侍従ノ御局の首を刎ねた者だけであるはずがない……）

朽木鯉九郎の息の根を止めた者たちも殺したいであろう。そして、むろん、将軍義輝に槍をつけたという池田小三郎も。

（ならば、先手をうってやる）

義輝は、二条御所へ移る前の一時期、妙覚寺を仮御所としていたことがある。妙覚寺に長く勤める僧に質《ただ》したところ、大森伝七郎どのなら、たしか西岡の出と聞いたおぼえがあるという答えが返ってきた。

小三郎は、直《ただ》ちに、屋敷に飼う大勢の牢人者の中から選りすぐった者共を、西岡へ向かわせた。鉄炮《てっぽう》まで用意したのは、伝七郎が、松永軍屈指の剣の遣い手たる中路勘之丞を屠《ほふ》ったほどの強者《つわもの》ゆえである。

「ばかめが」

喜色を満面に湛《たた》え、小三郎は、火鉢に光源院党の書状の束を投げ入れた。

冬には随分と間があるが、ちかごろ、不眠がつづいたせいで寒けをおぼえた小三郎は、早くも火鉢を使っているのである。

下から顔にあたる熱さで、書状が燃えるのが分かる。

「ぎゃあ」

とつぜん、悲鳴が噴きあがり、烈しい音をたてて、人と障子戸が重なって倒れてきた。

生温かいものが、顔にかかる。血の匂いに、小三郎は噎《む》せた。

「何者だ、貴様」

「うあっ」

「むうっ」

「き、斬れ」

「ばか、逃げるな。対手はひとり、ぎゃっ」

警固人たちの狼狽の極に達した怒号と悲鳴、鏘然《そうぜん》と鋼のぶつかる響き、胸の悪くなるような肉を斬り骨を断つ音、家屋を震わせる凄い破壊音……。

誰かが、小三郎の躰の上へ、だだっとのしかかってきた。

耳だけが頼りの小三郎は、心底より恐怖した。顔の皮膚は千切れそうなほどにひきつって、さながら般若の面であった。

「ひいっ」

小三郎は、這《は》いずりまわった。死に物狂いで這いずりまわった。

恐慌をきたしているため、方向もおぼつかない。床の間の棚や、壁や柱に、頭を幾度もぶつけた。

だが、生きのびるのに必死の小三郎は、おのが額が切れて、顔に血の筋が何本も引かれていることにも気づかぬ。

斬り合いはまだ終わらない。

誰かの躰がぶち当たって、小三郎は廊下へ押し出された。その勢いを止められぬまま、庭へ転がり落ちる。

泥水の中へ、顔を突っ込ませた。

雨は降りつづいている。

立ち上がろうとして、右脚の激痛に呻いた。斬られたらしい。

小三郎は、濡れ鼠となって、泥濘《ぬかるみ》の中を這った。

泥や小石や草や、そしておのれの血が、口の中へ入り、激しく咳き込んだ。

「た、助けて。誰か、お助け下されえ」

咳き込みながらも、小三郎は叫んだ。

その頰に、硬く冷たいものが、ひたと当てられ、息を吞んだ。

「三好検校。なぜ伝七郎を殺した」

降ってきた声は、掠《かす》れていたが、凄まじい殺気が放射されていることを、小三郎は感ぜずにはいられなかった。

小三郎は、口をぱくぱくさせたのみである。恐ろしさのあまり、喉《のど》が閉じてしまっていた。

小三郎に見えぬ対手こそ、亀松三十郎である。

三十郎は、今朝、一発の銃声で安眠を破られた。

押っ取り刀で伝七郎の家のほうへ走り向かったところ、雨覆いの用意までした鉄炮を携えた牢人者らの姿が見えたので、咄嗟に物陰に隠れた。

かれらが去ってから跳び込んだ伝七郎の家で、三十郎は無二の友とも、兄とも恃む伝七郎の切腹し果てた遺体を発見する。

それから、急ぎ牢人団のあとを尾《つ》けたところ、三好検校の屋敷へ到達した次第であった。

「いまさら義輝公の残党を狩って、松永弾正に褒美でも貰《もら》わんとしたか……」

　愚かなやつだ、と三十郎は呟いた。

「おれは、汝など斬りたいと思うたことはなかった。義輝公にお仕えしたこの亀松三十郎が、三好検校を斬れば、世人は仇討ちと思うであろう。仇討ちとなれば、汝が義輝公に槍をつけたと認めたことになる」

　ありえぬ話よ、と三十郎は薄く笑う。

「ご武芸鬼神の如しにあらせられた義輝公が、汝がような下郎の槍にかかるものか。たわけが」

　小三郎の頰を、鋭い風が過《よぎ》った。途端に、そこから血が溢れ出るのが分かった。

（な、なんということか……）

　がたがた総身をわななかせながら、小三郎はおのが愚行を後悔した。

　わざわざ大森伝七郎を探し出して殺したりしなければ、このような無惨な目に遇わずに済んだのである。

　藪《やぶ》をつついて蛇を出すとは、このことであろう。

　これは伝七郎の仇討ちだ、と三十郎が宣言した。

「死ねい、三好検校」

剣が振り上げられたのが、気配で察せられた。

小三郎は、泥の中で、身を縮こまらせ、頭を抱え込んだ。

その瞬間、脳裡に奈々の姿が鮮やかに浮かんだのは、なにゆえであったろうか。

ところが、復讐の剣に脳天を割られる代わりに、狂ったように烈しい咳を浴びせられ、稍《やや》あって、夥しい量の血が降り注いできた。

小三郎は命を拾った。

労咳病みの亀松三十郎は、最期の喀血をして、そのまま倒れ伏し、壮絶な死を遂げたのである。

「ひひ……ひひひひ……」

小三郎は笑った。おのれの幸運に、笑いが止まらなかった。

六

小三郎が、松永弾正の京邸へ招《よ》ばれたのは、それから半月後のことである。

「久しいの、秀一」

当道名で小三郎を呼んで、弾正は上機嫌であった。

これは何か嬉しき用事か、と小三郎もにわかに心を浮き立たせる。

「そのほうも、すでに聞き及びであろうが、わしは織田信長殿に誼《よしみ》を通じることにあいなった」

「織田殿は、東海の今川を討ち、美濃の斎藤を滅ぼし、こたびはまた近江六角まで鎧《がい》袖一触《しゅういっしょく》とのこと。ご交誼《こうぎ》の儀は重畳《ちょうじょう》と存じまする」

「おお、秀一も悦《よろこ》んでくれると思うていたわ」

そこでじゃ、と弾正は言った。

「手土産に、織田殿には、わが秘蔵の茶器九十九髪茄子《つくもなす》を献じるつもりだが、新将軍となられる足利義昭公には何を献上致したものか、散々に頭を悩ませての……」

義昭は、この松永弾正自身が指揮を執って弑逆した義輝の実弟である。

噂では、信長が弾正を属将とすることに、義昭が猛反対しているというが、それも当然であろう。

その義昭の歓心を買うとすれば、よほど高価な土産が必要となろう。

「この秀一に、そのご献上の品を選べとの仰せにございますかな」

「そのことよ」

「おまかせ下さりませ」

「いや、秀一。もう決まっておる」

「は……」

「新将軍への献上品は、秀一……そのほうの首よ」

「えっ」

戸の開けられる音がして、隣室からどやどやと人数が繰り出してきた。

次に何が起こるのか、小三郎が誰よりもよく弁《わきま》えていた……。

京に紅葉が真っ盛りのころ、市中のあちこちから、高き空へと槌音《つちおと》が響いていた。

東洞院の、もとは三好検校の屋敷であった建物も改築普請中であった。入京した織田軍将士の宿所に充てられるのである。

その前の往還を、駕籠《かご》で揺られていく尼僧の姿が見られた。

「天清尼《てんせいに》さま。書状はよろしいのでございますか」

従者が声をかけた。

「もうよろしいのです」

微かに哀しみの籠められたような、静かな口調で、天清尼はこたえた。

ひっそりとした佇まいのこの尼僧が、

「仇討ち所望　　光源院党」

とだけ記した書状を、三好検校の屋敷へ投げ込んでいた張本人だった、と誰が想像できるであろう。

ありもせぬ光源院党を名乗って、三好検校を動揺せしめたことは、二十数年前、命懸けで池田城を抜け出し、小三郎の迎えを信じて待った奈々の、せめてもの復讐であった。

狂気の人だった義晴の側妾に差し出され、女の幸せを知ることもなく髪をおろさざるをえなかった奈々は、あのとき、小三郎が父の教正から足止めを食ったことを、いまも知らずにいる。

天清尼は、ちらりと双眸《そうぼう》を上へ向けた。

屋敷内から、塀越しに伸び出た枝に、熟柿《じゅくし》の赤が鮮やかであった。

義輝異聞　遺恩《いおん》

一

有明の月に照らされ、冷たい秋気の中に白い息を舞わせて、山路を急ぐ一団がいる。

五人か。

仄明《ほの》かりに、腰の大小が見分けられる。かれらの逞《たくま》しげな体躯《たいく》の輪郭や、力強い足運びからみて、いずれも武士として鍛練を積んだ者たちに相違ない。

いや、六人いた。

一団の中央の武士だけが、頭巾《ずきん》をつけた人を背負っているではないか。どうやら、その人を、皆で警固《けいご》しているらしい。

落ち武者とも思われぬが、松明《たいまつ》も持たぬところをみると、人目に立つことを悩《おそ》れる逃避行であろうか。

ほどなく、峠の頂《いただき》へ達するころには、互いの顔をたしかに見分けられるほどの明るさが、あたりに盈《み》ちてきた。

そこは少しひらけたところである。

一団の宰領《さいりょう》らしい先頭の者が、ふいに腕をあげて、立ちどまり、

「厄介な……」

そう洩《も》らしただけで、余《よ》の者も異様な気配を察した。

囲まれている。追剝《おいはぎ》・野伏《のぶせり》の輩《やから》であろう。

案の定、木陰から、岩陰から、藪《やぶ》の中から、悪相の男たちが現れた。十五、六人もいよう。ほとんどが破れた筒袖《つつそで》、あるいは素膚《すはだ》に腹巻というような無様《ぶざま》な出で立《い》ちである。潰《つぶ》れた烏帽子《えぼし》をかぶったり、鉢巻を着けた者も見える。

乱世のことで、こうした凶悪な手合いが日本中の山野に出没するのは致し方ないとはいえ、このところまた、別して京畿《けいき》では急増していた。というのも、将軍足利義輝《よしてる》が松永弾正《だんじょう》久秀と三好三人衆に弑逆《しいぎゃく》されてより、まだ二カ月余りしか経《た》っていないからである。

「ほほう……」

ひとりだけ兜《かぶと》をつけた男が、おのれの汚れたひげ面《づら》を撫でまわしながら、にたりと笑う。これが賊の頭目であろう。

「怪我もしておらぬとみえるに、大の男が背負われているとは、よほど貴《とうと》き御仁《ごじん》だな」

「おかしら。こいつは、銭になりそうやないか」

と手下がうれしそうに言う。

「その頭巾の御仁だけを残して、あとの五人は去《い》ね。申すまでもないが、身ぐるみおいていってもらう」

どうやら頭目は、その言葉遣いや身ごなしから、武家の出であろうと察せられる。

「與一郎《よいちろう》どの」

一団の宰領が後ろへ声をかけると、

「こちらは、藤長《ふじなが》とふたりで手は足りる」

貴人の背後を守る細川與一郎藤孝は、もうひとりの一色藤長とともに、賊どもを睨《にら》み据《す》えながら、落ち着き払ってこたえた。

「杉原どのは、米田どののそばを離れぬように」

と宰領が、つづけて指図する。

「承知いたした」

杉原長盛《ながもり》は、貴人を背負う米田求政《もとまさ》にぴたりと寄り添った。

米田求政の全身に、貴人のふるえが伝わる。かちかちという妙な音も聞こえた。歯の根も合わぬほど怖がっているらしい。

「ご案じ召されまするな。われらがついており申す」

賊の頭目は、対手《あいて》が戦う姿勢をみせはじめたので、ふんと鼻で嗤《わら》った。

「こやつら、算勘に疎《うと》いとみえるわ」

頭目のその一言に、どっと笑いが起こる。対手に三倍する人数の賊たちには、心理的に余裕があった。しかも、戦闘場所は、この稼業で慣れた峠である。

ところが、武士たちの宰領が薄く微笑《わら》ったではないか。

「おぬしの手下どもには、大将を討たれても怯《ひる》まぬ度胸があるや否や」

「なに」

一気に頭へ血を昇らせた頭目が、差料《さしりょう》に手をかけた刹那《せつな》、すでに宰領は間合いを詰めている。

宰領の五体は宙高く躍った。

振り仰いだ頭目の兜の真向《まっこう》へ、凄まじい一撃が打ち下ろされる。

火が飛んで、鉢金《はちがね》は割れた。おそらく粗悪な造りでもあったろうが、兜を割るなど、宰領の手錬《しゅれん》は尋常ではない。

それでも、頭目のひたいまで、刃は達していなかった。致命傷は、強烈な打撃に、頸骨《けいこつ》が耐えきれなかったことであろう。

胸の悪くなりそうな骨折の音がして、頭目は前のめりに倒れた。そのまま、動かぬ。

唖然《あぜん》として立ちすくむ賊ども。その中へ、宰領は猛然と斬り込んだ。

応じて、細川與一郎と一色藤長も、多勢をものともせず、鞘走《さやばし》らせる。

この瞬間、勝敗は決した。最も手ごわいとみた頭目を、真っ先に屠《ほふ》って、敵の戦意を喪失せしめた宰領の圧勝である。修羅場を幾度となく、くぐり抜けてきた人間に違いない。

賊どもは、たちまち潰走《かいそう》した。頭目の死体を置き去りにして。

「さすがに光源院《こうげんいん》さまの思《おぼ》し召しにかないし明智どの。光源院さまご存生《ぞんじょう》なれば、さぞかし御褒詞《ごほうし》を頂戴できましたろう」

一色藤長が、宰領の果断さに感服したように言った。光源院とは、亡き足利義輝の法号である。

「一色どの。光源院さまがおわせば、それがしの出る幕はござらなんだろう」

刀に拭いをかけていた明智十兵衛光秀は、にわかに不機嫌な面持ちとなる。

世に剣豪将軍とまで謳《うた》われた足利義輝は、三好・松永勢に室町御所を急襲され、家臣ことごとく討死の後、わが身の周囲にあまたの名刀を突き立てるや、これを取り替え取り替えしては、広庭に充満する敵兵を数えきれぬほど斬り伏せた。そのさい、身にかすり傷ひとつ負わず、名刀が刃こぼれや血糊《ちのり》で用をなさなくなって尽きると、最後は愛刀童子切安綱《どうじぎりやすつな》ひとふりのみを佩《は》いたまま、みずから火炎の中へ身を投じて滅んだ。

室町御所炎上の日、義輝の下命とはいえ、尾張で織田信長のために奔走していた十兵衛は、いまだに口惜しくてならぬ。自分も御所にいれば、あるいは義輝と死をともにすることになったやもしれぬが、その前に義輝を脱出させる機会を見いだせなかったとも限るまい。

十兵衛が不機嫌になったのも、そうした自身への腹立たしさと、義輝をよく知らぬとみえる一色藤長への苛立ちからであった。

義輝が生きていれば、

（おんみずから、賊どもをご退治あそばす）

そう十兵衛は言いたかったのである。

ひとり穏やかな表情で、十兵衛にうなずいてみせたのは、細川與一郎だけであった。義輝の幼少時から側近《そばちか》くに仕えつづけた與一郎も、義輝最期の日に室町第《てい》に居合わせなかった自分を、いまも詛《のろ》っているのである。

「臭《くそ》うござるな」

と杉原長盛が、ふいに鼻をつまんだ。

血臭に混じって、厠《かわや》の臭《にお》いがするではないか。

「杉原どの」

米田求政が、杉原長盛を睨みつけて、小さくかぶりを振ってみせた。

臭いと嘆きたいのは、しかし、米田求政のほうであろう。

十兵衛ら五人の手引きにより、奈良興福寺一乗院を脱出してきた門跡覚慶《かくけい》は、恐怖から解放された弛緩《しかん》によるものか、米田求政の背にしがみついたまま、糞尿を垂れ流している。

十兵衛は、おもてをそむけて、吐息をついた。

（これが義輝公の御弟君《おんおとうとぎみ》とは……）

二

梟雄《きょうゆう》松永弾正は、三好三人衆（三好長逸《ながゆき》・三好政康・岩成友通《いわなりともみち》）と共謀して将軍義輝を弑逆したとき、義輝の二人の弟にも魔手をのばした。

次の将軍は、三好一党が阿波《あわ》国平島に養う足利義栄《よしひで》であらねばならぬ。義栄の対抗馬となりうる血は、すみやかに排除しておく必要がある。

現実に弾正は、北山の鹿苑院周暠《ろくおんいんしゅうこう》に、阿波衆を差し向け、これを殺害せしめたが、もうひとりの弟覚慶には、手出しできなかった。奈良興福寺一乗院門跡の覚慶を殺せば、興福寺が黙ってはいない。叡山と同じく、数千の僧兵を抱えるこの大寺との正面衝突など、将軍暗殺で物情騒然たる時期に、得策とはいえまい。

しかし、弾正とて、三好政権中の出頭人で、また大和一国の仕置《しおき》を行う大名でもある。興福寺にかけあい、一乗院に番衆をおくことを承諾させた。名目は厚かましくも覚慶の警固だが、本音が監視にあったことは言うまでもない。

覚慶の側近くには、一色藤長が取次役として仕えていたが、義輝の死の直後、細川與一郎も加わった。與一郎は公武に顔が利《き》く。

藤長は、覚慶をつれて、すぐにでも一乗院を脱出することを、與一郎に諮《はか》った。というのも、番衆の監視態勢がさほど厳重ではなかったからである。来客も咎《とが》められなかった。

與一郎は、時折訪ねてくる明智十兵衛に意見をもとめる。

「弾正の罠にござる」

と十兵衛は看破した。

覚慶を興福寺の浄域内で殺せば、弾正は興福寺との一戦を覚悟しなければならぬが、覚慶が南都を脱してどこかへ逃げる途中、これを討つのならば、後日なんとでも言い訳が立つ。つまり弾正は、覚慶の一乗院脱出を待っている。

「よほど心して事を起こさねば、覚慶さまのお命はないものと思わねばなりますまい」

十兵衛と與一郎は、義輝のもとで、弾正とのぎりぎりの戦いを凌《しの》いだ経験をもつだけに、その薄汚いやり方を、ほとんど知り尽くしていた。

まずは、覚慶に病をよそおわせた。

覚慶は人を欺《あざむ》く表情や仕種《しぐさ》をつくることに長《た》けている、という與一郎の感想が、十兵衛にその策を思いつかせたといってよい。

実は、與一郎の感想の底には、ある重大な事実が秘匿《ひとく》されている。覚慶は、かつて、みずから将軍にならんと野心を湧かせ、兄義輝へ刺客を放って失敗しながら、その時点では命令者まで辿《たど》られなかったことを幸いとし、素知らぬ顔で過ごしつづけた男なのである。與一郎は、義輝の死後、この卑劣漢を亡き者にしようとした。だが、義輝と覚慶は、その品格と性情において、天と地ほどの差があっても、同腹の兄弟ゆえに、ふとした表情に酷似《こくじ》を否めない。義輝を思い出させる者を手にかけるなど、與一郎にはとうてい成しえることではなかった。

この秘事を、與一郎は誰にも明かしていない。生涯、明かすつもりはない。むろん、十兵衛にも。

この先は、覚慶が、自分と十兵衛の忠言を容《い》れ、義輝の弟として恥ずかしくない、立派な成長を遂げてくれればよい。将軍をめざすのにも、助力を惜しまぬ。ただ、覚慶が身の程知らずの言動をみせたときには、見限るつもりの與一郎であった。

覚慶が病床に就いて数日、一向に恢復《かいふく》の兆しが見えぬので、與一郎は米田求政をよんだ。もとより脱出計画の一部である。求政は、與一郎の若年時からの学友で、実際に医術の心得もあった。

「焦《あせ》ってはなるまい」

十兵衛の指示で、求政はそれから数度、一乗院を訪れ、薬湯《やくとう》をあたえるなど、覚慶を施療する。

そのころ弾正は、足利義栄をめぐる三好一党内の主導権争いで、早くも三好三人衆との間に不協和音を生じさせており、覚慶への注意を怠りはじめていた。これを素早く察知した十兵衛は、ついに覚慶脱出を敢行させる。

求政は、いつも弟子を随行させていたが、その日、覚慶の居室で、弟子と覚慶との衣服を取り替えたのである。夜になって、求政は弟子を装《よそお》った覚慶とともに辞去した。與一郎と一色藤長も、夜道は物騒だから求政を宿所まで送ると言って、ともに一乗院を出た。そして、春日山で待機していた十兵衛、杉原長盛と合流したのである。

めざすところは、南近江守護六角承禎《ろっかくじょうてい》の麾下《きか》である甲賀の和田惟政《わだこれまさ》の居館。六角氏は、細川管領《かんれい》家の姻戚《いんせき》で、その軍事的後ろ楯となって、三好・松永らと幾度も戦ってきた。承禎の父江雲《こううん》などは、最後の管領晴元《はるもと》の舅《しゅうと》として、幕政に深く関与し、準管領ともいうべき待遇を得た。それだけに承禎も、三好・松永の奉じる足利義栄に対抗できる手駒、すなわち覚慶を確保しておきたいのである。

奈良をあとにした十兵衛らは、皆で代る代る覚慶を背負って、ひたすら山路を逃げ、大和から伊賀へ入った。山賊に襲われたのは、両国の国境のあたりである。

伊賀では、かねて協力を約束していた仁木長頼《にきながより》が先導役をつとめた。伊賀の上柘植《かみつげ》から近江甲賀郡へ入ると、和田惟政の迎えの一隊に引き取られる。和田氏は、甲賀武士五十三家中でも、南山六家と称された格別の家柄のひとつで、惟政は幕府奉公衆として義輝に仕えた。

かくて、覚慶の一行は、陽《ひ》のあるうちに、惟政の居館に到着したのである。事前に十兵衛と与一郎とで周到にととのえた逃走計画は、万事うまく運んだといってよかろう。

三

淡《あわ》つ海《うみ》も山野も、万象、蕭殺《しょうさつ》たる景観に被《おお》われ、ちらほらと雪花の舞うころ、覚慶は甲賀の和田城を出た。

同じ近江国内の野洲《やす》郡矢嶋に、堀を二重に構えた二町四方の屋敷を建て、ここに居を移したのである。

矢嶋は、琵琶湖舟運の要地の木浜津《このはまつ》に近く、商家も軒を接するひらけたところである。覚慶の身辺の警固は、六角氏の被官《ひかん》である矢嶋越中守の一党が、これをつとめることになった。

「承禎。輝虎《てるとら》はいつまいる」

屋敷の広間で、ぽつぽつと生え出た髪のむさ苦しげな男が、上座から苛立たしげに訊《き》いた。

覚慶である。いずれ還俗《げんぞく》するため、髪が伸びるにまかせていた。

「おそれながら、公方《くぼう》さま」

と六角承禎は言う。

覚慶はまだ将軍ではない。が、覚慶を必ず将軍家の家督に据《す》えて、その輔佐《ほさ》役たらんと欲する承禎は、早くもそういう形をとりはじめていた。

覚慶の表情が少し和《やわ》らいだのも、公方と称《よ》ばれることに、うれしさを隠しきれないからである。

「公方さまへの輝虎の忠節心には、露《つゆ》いつわりはなけれども、いま北国は雪の季節に入り申した。越後を出てまいるには、いささか難儀。春までお待ちあそばせば、必ずや出陣いたすことにござりましょう」

輝虎とは、上杉輝虎、のちの謙信をさす。

「なれど、承禎。輝虎へは、予《よ》が奈良を脱する前より、今日あることを報《しら》せておいたのであろう」

と覚慶は言った。

列座中の明智十兵衛だけが、わずかに視線を落とす。

十兵衛は、この段階で覚慶を公方と認めることも、また覚慶が自身を予と称することも、気に入らなかった。いかにも軽々しい。

列座中、表情にこそあらわさねど、細川與一郎だけが同じ思いであることを、十兵衛は知っていた。

「冬にならぬうちに、輝虎が越後を出られなんだはずはあるまい」

覚慶は不満げである。大覚寺義俊《ぎしゅん》を通じて再三、上洛の供をつとめよと促してきたのに、輝虎は、時機にあらずとして、一向に出陣の気配を見せなかった。

「御意《ぎょい》」

承禎も同調した。が、家臣の下剋上をゆるさず、守護大名から戦国大名のそれへと、領国支配体制を切り替えることに成功したこの強《したた》かな武将の本音は、輝虎の出陣など不可能と思っている。いまはただ、覚慶の機嫌を害ねないようにしているだけであった。

この乱世では、一日で勢力地図が変わることもめずらしくない。将軍後継者の最有力候補を抱えていさえすれば、何も輝虎ばかりに頼らずとも、思わぬところから事態は一挙に好転することもある。父江雲に従って、将軍家、管領家の内訌《ないこう》に幾度となくかかわってきた男の実践的な智慧《ちえ》といえよう。

ただ、実を言えば、もし六角氏自体に実力があるのなら、みずから牙軍《がぐん》（将軍の軍隊）となり、覚慶を奉じて上洛すればよいことでもあった。

そこが承禎の苦悩であろう。今や六角氏は弱体化してしまった。二年前、家督の義弼《よしすけ》が重臣後藤賢豊《ごとうかたとよ》の人望を妬《ねた》んで、これを謀殺したばかりに、譜代重臣らが観音寺《かんのんじ》城《じょう》内のそれぞれの屋敷を自焼し、本領に引きこもってしまうという、いわゆる観音寺騒動が起こったのである。承禎が当主に復帰し、いずれ義弼の異母弟義定《よしさだ》が六角氏家督を嗣《つ》ぐという条件で、重臣らも表面上は納得したものの、騒動以後、かれらの心は六角氏から離れてしまい、北近江の浅井氏に内通する者も少なくないと噂されていた。これでは、上洛どころではあるまい。

「藤安《ふじやす》」

覚慶が、側近の大館《おおだち》藤安を指名した。

「内書《ないしょ》をしたためるゆえ、そちが越後へ届けよ」

「承知仕《つかまつ》りました」

「おそれながら……」

ようやく十兵衛が、膝をずらして、上座に向かって頭をさげた。しかし、公方さまとはよびかけない。

「何じゃ、十兵衛。申せ」

「輝虎が、越後を留守にして、こなたへ参上いたすには、武田、北条と和を結んでおかねばなり申さぬ。両氏にも思惑のあることゆえ、易々《やすやす》とは成り難いことと存ずる」

「さようなことは判っておる。なればこそ、武田にも北条にも、その旨《むね》を内書にて命じたのではないか」

輝虎が覚慶の上洛の供を望んでいるから、武田と北条は、その邪魔をせぬよう、早々に和議を結べという内容であった。

「和をお命じあそばしただけにござりまするか」

「なにを申したい、十兵衛」

「武田信玄に出兵をお命じあそばされた」

覚慶がぎくりとしたのが、列座の誰の眼にも明らかであった。

「明智どの」

承禎は笑う。

「将軍家が、日本中、いずこの大名に参陣をご要請あそばしたところで、何ら不都合ではあるまい」

実際に覚慶は、信玄ばかりか、遠く九州は薩摩の島津氏、肥後の相良《さがら》氏にまで出兵を命じている。

覚慶は将軍ではない、と十兵衛は言いたかったが、そのことは措《お》いた。

「仰せのとおり。なれど、人には心というものがござろう」

「信玄の心とな……」

承禎は首をひねる。

「輝虎にござる」

と十兵衛は声を張り、ふたたび覚慶へ言上《ごんじょう》した。

「上杉輝虎は、向背常《こうはいつね》ならぬ乱世に、義をつらぬく人。無力な関東管領《かんれい》上杉憲政《のりまさ》どののために尽くしたのも、憲政どのが輝虎一人《いちにん》を頼みとし、何もかもあずけてくれたからにほかなり申さぬ。信濃の村上義清《よしきよ》しかり。輝虎は、輝虎だけに命をあずけんとする者のために、死に物狂いで戦う武人にござる。覚慶さまが輝虎の上洛を望まれるのなら、余の者へお心を傾けてはなりませぬ。輝虎なかりせば、覚慶さまの行く末もない。そのお覚悟をおもちあそばされよ」

もし輝虎以外の者にも支援を要請するのなら、輝虎に知られずにやることである。その点、義輝は、というより義輝の軍師朽木鯉九郎《くつきこいくろう》は周到であった。義輝の心が織田信長に傾倒していたにもかかわらず、その事実を巧みに秘《ひ》して、将来の輔佐は御身《おんみ》のほかにありえぬ、と輝虎に信じ込ませたのである。また義輝自身も、人となりのみを論ずれば、信長よりも輝虎を愛した。なればこそ、輝虎は義輝に恩義を感じている。

輝虎がいまだに、覚慶を援《たす》けようと本気で思っているのも、義輝の遺恩に報じたい。それだけが、理由であった。大恩ある義輝の弟だから援けたい。同様の思いを、十兵衛も與一郎も心底に大切にしまってある。

そこのところが、覚慶にはまるで判っていない。判っていれば、時至れば必ず供をすると輝虎が約束したのに、ほかの大名へも支援を命ずるなど、絶対にしないはずであった。まして、その大名が、余人ならば知らず、輝虎に極悪非道とまで憎まれる武田信玄であるとは。

そういうことまで口にしない十兵衛だったが、覚慶の思慮の足らなさ、節操のなさには、暗澹《あんたん》とせざるをえなかった。

松永弾正と三好三人衆が分裂し、戦いはじめたいまこそ、覚慶は、さすがは将軍家のお血筋、義輝公の御弟君よと世人に称賛されるような、悠然たる佇《たたず》まいをみせるべきなのである。覚慶の祖先足利尊氏は、楠木正成・新田義貞に敗れて西国へ落ちたときでも、武門の棟梁《とうりょう》らしい品格を失わなかったからこそ、諸将こぞって上洛戦に馳せ参じたのではなかったか。

「十兵衛。随分と輝虎に執心ではないか。そちは、わが兄に仕えていたころは、信長をこそ頼みとすべきと思うていたのであろう」

覚慶が皮肉の言辞を返した。

十兵衛に言わせれば、覚慶の認識は正しくない。織田信長の支援を待望したのは、義輝であり、十兵衛自身は信長との連絡役をつとめることに、あまり乗り気ではなかった。信長は底が知れない。

それでも、信長が武将としてただならぬ強靭さをもつことだけは、認めないわけにはいかぬ。頼みとするなら、間違いなく信長であろう。ただ、それは、義輝が頼みとするならばの話である。

あの唯我独尊とみえる信長ですら、義輝の遺恩を決して忘れていないことを、十兵衛は知っていた。今川義元を討つ前年、京都妙覚寺の仮御所で義輝より拝領した天下の名刀大般若長光《だいはんにゃながみつ》に、信長は時折、ひとりで見入っていることがある。

覚慶には、信長を御《ぎょ》せるほどの器量はあるまい。

「覚慶さまがこの先、二年か三年、待つことがおできあそばすなら、信長は必ずやご上洛のお供をつとめることと相なり申そう」

十兵衛は、そうこたえたが、覚慶は皆まで聞かぬうちに、ほかを向いてしまう。

「與一郎。信長はどうなのじゃ」

下問をうけた與一郎は、目配せで十兵衛に、心情を察していると伝えてから、覚慶にこたえる。

「信長は、美濃攻略に思いのほか手を焼いておるようす。斎藤義竜《よしたつ》亡きあと、家督を嗣いだ竜興《たつおき》は凡庸なれども、美濃は兵が強く、信長が稲葉山《いなばやま》まで寄せることは、いまだ至難と思われまする」

美濃稲葉山城が、斎藤竜興の居城である。

「信長も、存外、たよりにならぬわ」

覚慶は、十兵衛をちらりと見て、吐き捨てた。

義輝の廻国旅の途次で拾われたという十兵衛を、覚慶は煙たく思っているのである。どこの馬の骨とも知れぬこともいやだったが、何かにつけて自分と義輝とを比較しているように見える視線に、耐えがたいときがあった。しかし、一乗院脱出の功労者で、また細川與一郎ほどの者が頼みとする才覚者でもあるので、斥《しりぞ》けることはできかねた。

覚慶が、信長への連絡役を、與一郎に変えてしまったのも、十兵衛に対して権力を誇示してみたかったからである。十兵衛はいま、越前朝倉氏との折衝役を委《まか》されている。

もっとも十兵衛自身は、気骨《きぼね》の折れる信長を対手《あいて》にするより、朝倉義景と接するほうが楽ではあった。義景は、風雅の道には熱心だが、武将としては見るべき能力がなく、すこぶるあつかいやすい。

「輝虎もまいらぬ、信長もたよりにならぬ。そちらは、何をしておるのじゃ」

とうとう怒声をあげた覚慶は、

「いっそのこと、本願寺でも頼るがよい」

扇を床に叩《たた》きつけ、立ち上がった。

当時、本願寺は、戦国大名に伍する実力をもっていた。が、むろんのこと、足利将軍になろうという者が、その上洛に本願寺の力をかりるわけにはいくまい。しばしば領主権力を否定する宗教勢力は、武門の味方とはなりえないのである。

「惟政」

と覚慶によばれて、和田惟政が膝をすすめた。

「武家の女は飽いた。将軍家の情《なさ》けをかけるのじゃ、京の手弱女《たおやめ》も揃えよ」

「は。年があらたまれば、京より公家の姫君を召し出すことができると存じまする」

「やることが、おそいわ」

「恐れ入り奉る」

覚慶は、和田氏のもとへ落ち着いて以来、将軍家の世継ぎをつくると称して、夜毎の閨房《けいぼう》に現《うつつ》を抜かしている。六歳で仏門に入り、二十九歳の今日まで女体を知らなかったことを思えば、あるていどは周囲も大目に見なければなるまいが、覚慶のそれはいささか度をこえていた。

このあたりも、十兵衛や與一郎からみれば、小侍従局《こじじゅうのつぼね》のほかに、ほとんど側室をおかなかった義輝とは、似ても似つかぬ。だが、いまさら覚慶に、武芸鍛練を強《し》いるわけにもいかず、乗馬《じょうば》のみを伊勢家の者が手ほどきしていた。

覚慶が広間をあとにすると、列座の側近、諸将も辞す。あとに残ったのは、十兵衛と與一郎のみである。

「十兵衛どの。越前へ赴かれてはいかが」

と與一郎が言った。

「さよう。今後のこともござるゆえな」

「いや、覚慶さまのことではない。御身のこと」

「それがしのこと……」

「朝倉義景どのより、ご仕官をすすめられたのではござらぬのか」

十兵衛は眼を瞠《みは》った。

「與一郎どの。ご存じであったのか」

「朝倉には知る辺《べ》がござる。五百貫と聞いたが……」

無言で、十兵衛はうなずいた。

覚慶への援助を依頼すべく、幾度も越前一乗谷を訪れるうち、十兵衛は義景に惚《ほ》れ込まれ、さかんに朝倉氏への仕官を勧められるようになったのである。戦国大名であれば、この文武両道に秀《ひい》で、弁も立ち、また諸国の事情にも精通する明智十兵衛を麾《き》下《か》に加えたいと望むのは、むしろ当然のことといえよう。與一郎の聞いたとおり、義景は五百貫の高禄で十兵衛を迎えたいと申し出た。

「黙っていて、すまなんだ。與一郎どの」

「なんの。お心は察しており申す」

覚慶を奉じて将軍家を再興しよう、と與一郎を誘ったのは、十兵衛である。そのことが枷《かせ》となって、十兵衛は打ち明けられなかったのである。

「十兵衛どの。言うを憚《はばか》るが、覚慶さまは、仕えても甲斐なきあるじやもしれ申さぬ。

御身ほどの才幹を、あたら、このようなところで朽《く》ち果てさせたくはない。朝倉にお仕えなされよ」

「いや、與一郎どの。朝倉義景どのとて、さしたるご器量にてはあられぬ」

「なおけっこうではないか。十兵衛どのがのしあがるには、都合がよい」

「これは、痛いところを……」

「戦国乱世の武士ならば、あたりまえのこと」

笑みを浮かべる與一郎であった。

「よくよく考えてみれば、何もかも義輝公と比べられるのは、覚慶さまには酷なことであろう」

と言って、十兵衛は溜め息をつく。

「いかにも。そのことは、それがしも責めを負わねばなるまい」

「永く御仏《みほとけ》にお仕えであられた御方が、とつぜん武門の棟梁にならんとしておられるのだ。野心はおありでも、方途《ほうと》を何らご存じあそばされぬ。覚慶さまには、時が必要なのではあるまいか」

「同感にござる。されど、十兵衛どの。朝倉に仕えても、覚慶さまのために奔走はでき申そう。それがしから、義景どのへ口添えいたす」

細川は、言わずと知れた名門である。また、與一郎自身が、いまや文人としても名高く、公家にも畿内近国の武将らにも一目置かれる存在であった。その口添えは、効果があろう。

「かたじけのう存ずる。なれど、この儀は、いましばらく考えたい。覚慶さまを南都より脱出せしめて四カ月ばかりで、早《はや》あきらめては、非命《ひめい》にお仆《たお》れあそばした義輝公に申し開きができぬ」

みずからを鼓舞《こぶ》するように言う十兵衛に、與一郎もうなずき返した。

「十兵衛どのがそのお覚悟ならば、それがしも、いましばらく覚慶さまに賭けてみようと存ずる」

覚慶が将軍になるなど、義輝が歓迎しないことを、ひとり知る與一郎ではある。しかし、一乗院で命を奪うことができなかったからには、もはや覚慶には存分に生きてもらうほかないであろう。

十兵衛と與一郎、この先も、生涯無二の親友同士として乱世を駆け抜ける二人は、期せずして微笑み合った。

四

年があらたまると、覚慶は還俗して、足利義秋《よしあき》と名乗り、朝廷へ太刀と馬代を献上した。いよいよ、正式な将軍職就任に向けて、公然と動きだしたのである。

その直後、義秋の去年の出兵要請に対して、甲斐の武田信玄が返書を寄越した。

「遠国《おんごく》のため」

という理由で、ことわっている。

これは予想されたことであったが、義秋は憤慨し、苛立ち、上杉輝虎へまたしても御内書を発した。これまでと同じく、武田・北条と和睦して、早々に上洛の供をせよという内容である。

その御内書の中で、義秋は、輝虎の参陣だけを心待ちにしているので、若狭武田氏や越前朝倉氏の招きにも応ぜず、京洛に近い近江矢嶋にとどまっているのだ、と哀願とも脅しともつかぬことを陳《の》べていた。また、三好・松永の悪行は天道のゆるさないところだから、ほどなく自滅するに違いない、ときわめて楽観的なことまで記した。

これでは、かえって輝虎の忠義の心を鈍らせるばかりであったろう。

「與一郎どの。頼みとすべき大名たちは、いまだ上洛の備えは難しかろうと存ずる。この間に、義秋さまを権威づけしておくことが肝要」

「官位にござるな、十兵衛どの」

「さよう」

両人は、こうして密議をこらすことが多くなっていた。

「なれど、京は松永弾正の手にある。叙任の儀は至難」

「裏道を往《ゆ》きましょうぞ」

「こうしたことには、たしかに裏道はあるが、弾正が見逃すまい」

「さて、それはどうでござろうな」

十兵衛は、にやりとした。

「去年、義秋さまが一乗院を脱したおり、弾正の番衆がそのことに気づいたのは、翌日のことだそうで、そのためわれらは追手に迫られることなく、近江へ逃れられた」

「そのとおりだが、そのことが何か関わりあると言わるるか、十兵衛どの」

「こちらも周到に謀《はか》ったことではあるものの、弾正にしては迂闊《うかつ》であったと思われぬか」

「さように言われてみれば、そのように思えぬこともないが……」

「それがしは、弾正がわざと見逃したと信じておる」

「なにゆえに」

「三好三人衆の力を散じるためと、いざとなれば、義秋さまに参じてもよいと弾正は思惑した。そうとしか考えられぬ」

弾正と三好三人衆の仲違《なかたが》いは、義輝弑逆の直後から始まったが、状況は弾正に著《いちじる》しく不利であった。なぜなら、足利義栄ばかりか、三好惣領家《そうりょうけ》の三好義継《よしつぐ》も、三好三人衆の手のうちにあったからである。

弾正は、もともと三好一党の総帥《そうすい》三好長慶《ながよし》の家宰《かさい》だった男で、長慶の寵《ちょう》を得て成り上がり、一党中最大の実力者となった。だが、長慶の弟たちである三好実休《じっきゅう》・安宅《あたぎ》冬康《ふゆやす》・十河一存《そごうかずまさ》、いずれの死にも弾正の暗躍があったと取り沙汰され、一党の大半は弾正の存在を不快に思っていた。だから、長慶が病死し、三好・松永政権をきらう義輝も弑逆してしまうと、三人衆を頂点とする三好一党は、すべての悪事を弾正の仕業《しわざ》とし、その追討を命じる御教書《みぎょうしょ》を阿波公方足利義栄から出させたのである。

こうして追い詰められた状況下で、弾正ほどの者、逃げ込む場所をつくっておこうとするに相違ない、と十兵衛は思った。

奉戴《ほうたい》すべき将軍家の血筋も、三好氏の嫡流《ちゃくりゅう》もおらず、軍事力でも劣勢となれば、逃げ込む先はただひとつ。反三好・松永派のもとであろう。

その逃げ込む先が弱体では、弾正も困る。なればこそ、義栄の対抗馬の義秋を故意に解き放った。

義秋を奉じる一派が存在するのでは、三好一党は、対弾正ばかりでなく、そちらへの警戒も怠ることができず、力を分散せざるをえまい。そして、これが、弾正の苦境にひと筋の光をもたらすことは、言うまでもなかろう。

「さように愚考仕った次第」

「なるほど。さすがに、十兵衛どの。ご慧眼《けいがん》」

と與一郎は感心した。

弾正は、去年の秋以来、河内の畠山・遊佐《ゆさ》や、紀伊根来衆《ねごろしゅう》、和泉《いずみ》衆などを味方として、三好一党と戦ってきたが、河内・大和・摂津《せっつ》と戦場を移しながら、ことごとく敗れ去っている。

「いまなら、弾正は、義秋さまの叙任を、むしろ歓迎するはず。それで、三好一党の義秋さまへの警戒心が強まれば強まるほど、弾正は動きやすくなり、あわよくば一党への逆襲をもくろむこともでき申そう」

「うむ。われらにとっても、弾正と三好一党の内輪《うちわ》もめが長くつづくことは、都合がよい。その間に、上杉、織田、朝倉らに上洛の備えがととのうやもしれぬ」

「與一郎どの。それがし、これより、ただちに京へ向かう」

「いずれの裏道を通られる」

「吉田兼右《かねみぎ》どの」

「同意いたす。されば、密書をしたためる」

　初夏の風の心地よいその日の暮れ方、十兵衛は矢嶋を発って、京へ向かった。

　京都吉田神社の祠官《しかん》の吉田氏は、唯一神道の宗家で、歴代当主は三位以上に昇叙する習わしの堂上公家《とうしょうくげ》でもあり、朝廷の信頼、絶大なものがある。当代の兼右は、全国の神社との交流を活発にして勢力伸張を図《はか》ると同時に、越前朝倉氏、若狭武田氏、周防《すおう》大内氏らに神道伝授を行うなど、武門とのつながりも深い。また兼右は、細川與一郎にとって伯父にあたる人でもあった。

　本来、武家の叙任は、武家伝奏《てんそう》を経て、朝廷に申請して得るものだが、十兵衛は、その正式な手続きを踏まず、吉田兼右を通じ、朝廷との秘密交渉により、義秋の叙任を獲得するつもりでいる。裏道とは、そういう意味であった。

　もし公然と申請すれば、三好三人衆の妨害にあうのは、火をみるより明らかといわねばなるまい。阿波の義栄も、いまだ無位無官なのである。

ただ、京を掌握している弾正の目を逃れることは、不可能であろう。しかし、弾正は必ず知らぬふりをして黙過する。十兵衛は、そう確信していた。

十兵衛は、舟で坂本か大津へ渡ることも考えたが、結局は陸路をとった。琵琶湖の主要な津には、三好一党の手の者がいて、京や若狭・越前へ赴こうとする不審者に目を配っているからである。

夜目の利く十兵衛は、灯火をもたず、星明かりだけをたよりに、ひたすら足を送り、やがて琵琶湖最西端の勢多《せた》橋に至った。

勢多橋は、日本の東と西を結ぶ交通の要衝《ようしょう》で、日中は人馬の往き来が絶えぬが、さすがに戦国時代の夜ともなると、人けはなく、森閑としたものである。聞こえるのは、橋下を流れる瀬田川の音ばかり。

十兵衛が橋の半ばにさしかかったとき、前後から橋板を踏む足音が聞こえてきた。多勢と察せられる。

（なにゆえ露顕したか……）

しかし、十兵衛はうろたえぬ。素早く笠を脱ぎ捨てるや、刀の下げ緒《さお》もはずし、それで手早く両袖をたすきがけに括《くく》りとめた。

前後を塞がれた。敵は総勢二十名ほどの武士である。半数ほどが松明を掲げていた。

「どこへ往く、明智十兵衛」

頭目が言った。

「それがしを見知っておるのか……」

十兵衛には閃《ひらめ》くものがあった。

「そのほうら、三好でも、松永でもないな。右衛門尉《うえもんのじょう》どのが配下であろう」

案の定、頭目は火明かりに浮きでた表情を一変させる。

右衛門尉とは、六角義弼のことである。観音寺騒動後、廃嫡《はいちゃく》され、不遇をかこっており、義秋のもとへいちども挨拶に罷《まか》り出ず、側近たちと復帰を画策しているという噂が絶えなかった。あるいは、三好三人衆と手を結んだか、結ぼうとしているのか、いずれかに相違あるまい。

「生け捕るつもりであったが、やむをえぬ。斬れ」

頭目の命令一下、二十名が一斉に抜刀する。

（かようなところで果てるとは……）

さすがの十兵衛も、死を覚悟した。これだけの人数の武士を対手に、ひとりで斬り抜けられる達人がいるとすれば、亡き義輝か朽木鯉九郎ぐらいなものであろう。

だが、待っていては、包囲の輪を縮められ、逃げ場を失ってしまう。この場は機先を制するに限る。十兵衛は、逡巡せず、みずから斬り込んだ。

「ぎゃっ」

松明をもつ腕が、胴を離れて飛び、火の粉の尾を曳《ひ》いて、くるくる回りながら、瀬田川へ落下する。

「ご助勢」

という声があがったのは、このときであった。

（女か……）

十兵衛はおどろき、訝った。

橋の東詰のほうから、一陣の旋風が迫り来るではないか。こちらも武士の集団である。義弼の配下と同数ぐらいであろう。

ただ、この集団は、戦旗を翻《ひるがえ》していた。旗持が松明で照らす旗印は、竹に対雀。

あっ、と十兵衛は思い至った。

（安国寺《あんこくじ》上杉衆だ）

この人々のことは、義輝のもとでともに戦った忍びの者、浮橋《うきはし》から、聞かされたことがある。

義輝がまだ義藤《よしふじ》と名乗っていた十八歳のころ、近江へ落ちるのに丹波路を迂回したさい、松永弾正の放った刺客の一団を、安国寺上杉衆が一蹴したそうな。本来は、将軍家の丹波遊覧の折り、風雅の案内人として随行する習わしの、いわば文の家なのだが、武にもおさおさ怠りのない屈強の集団であった。ただ、兵力は寡《すく》なく、丹波国より出ないのが、安国寺上杉衆の不文律だという。

安国寺上杉衆は、ほとんど瞬《また》く間に、義弼の配下を潰走せしめた。十兵衛が手を出す必要もなかった。

「大事ございませぬか」

寄ってきたのは、男ではない。眼に強い光を宿し、伸びやかな四肢をもつ、野性の香りをとどめた武者姿の女である。

さいしょに聞いた助勢の声は、この女のものに違いない。余の者はいずれも男であった。

「安国寺上杉衆の方々とみうけたが……」

十兵衛がそう言うと、女はにっこり微笑んだ。美しい。

「わたくしの名は、美千《みち》。折りにふれ、明智十兵衛さまの行く末を見戍《みまも》るよう、浮橋どのより頼まれましてござります」

「浮橋に……」

らである。

十兵衛は、茫然とするほかない。なぜなら、浮橋との別れは気まずいものだったか

義輝の死の直後、與一郎とともに義秋を奉じて、将軍家の再興を決意したとき、十兵衛は、浮橋も当然力をかしてくれるものと信じて誘った。が、案に相違して、浮橋はかぶりを振ったのである。

「やつがれは、梅花《メイファ》どのとともに明国《みんこく》へ渡りまするわい」

梅花というのは、倭寇の巨魁五峰王直《ごほうおうちょく》のむすめで、十二天衆《じゅうにてんしゅう》という武術達者の女賊たちを率い、義輝のために三好・松永と戦った女傑である。

そのとき浮橋は、十兵衛に何か言いかけてやめてしまい、そのまま袂《たもと》を分かつことになった。実は浮橋は、義輝の血をひく男子を梅花とともに育てる、と言いたかったのである。だが、義輝の遺児生存の大事を明かせば、十兵衛はこの子を後継者に立てようとするに違いない。それを危惧した浮橋は、口を閉ざしたのである。

むろん、いまに至るも、十兵衛はそのことを知らぬ。

「浮橋どのは、明国へお渡りになる前に、わたくしを訪ねてまいられたのでござりまする」

と美千は明かした。

「そうであったか。なれど、安国寺上杉衆は、丹波国を出ないと聞いておる」

「さよう」

美千の横に立った若者が言い、上杉典膳《てんぜん》と名乗った。これは、丹波路で義輝を助けた典膳の孫だが、もとより十兵衛の知るところではない。

「こたびばかりは、われらも、ほかならぬ美千どのの頼みゆえ、そこもとが危うきに接すれば、いちどきり助けんと、国を出《いで》ずの掟を犯して、かく参上いたした次第」

「十兵衛さま。わたくしは、もともと安国寺上杉の者ではござりませぬ。義輝公のおかげをもって、加えさせていただいたのです。浮橋どのの頼みをきいたのも、義輝公の遺恩に報《むく》いんがため」

遺恩と言ったとき、美千の頭は自然に下がっている。

十兵衛は胸を熱くした。自分も與一郎も、輝虎も信長も、そして眼前の女人《にょにん》も皆、義輝の遺恩に報いるべく、命を懸けるのである。義輝の遺《のこ》した恩は、領地でも財貨でもない。情愛であった。これをこそ、武門の筋目《すじめ》、御恩と奉公というべきではないのか。いまさらながら、義輝の威徳《いとく》というものを思わずにはいられぬ。

「されば、これにてお暇《いとま》仕りまする」

と美千は言った。

「まことに、かたじけないことでござった」

礼を陳《の》べた十兵衛に、典膳がうなずき返してから、引き上げの下知をする。

最後尾についた美千は、数歩走ってから振り返った。

「十兵衛さま。義輝公は帰らぬ御方であらせられまする」

十兵衛にとって、痛烈な一言というほかない。義輝の代わりのつとまる者など、この世に存在するはずはないのである。

(見果てぬ夢……)

分かってはいるが、もはや走りだしてしまった。行けるところまで行くしかないではないか。

湖面を渡ってきた風が、十兵衛の足もとに転がる松明の炎を、吹き消してしまった。

五

足利義秋は、従五位下・左馬頭《さまのかみ》に叙任された。征夷大将軍への階段の第一段を踏んだといってよい。

十兵衛の予想どおり、松永弾正は気づいていながら、あえて横槍を入れなかったふしがみられた。

一方、三人衆以下の三好一党が義秋叙任のことを知ったのは、事後のことである。一党は、自分たちと敵対する弾正だが、義栄を次の将軍に据えることでは、思惑は一致していると信じていた。それが義秋に叙任を先んじられたことで、秘密交渉だったとはいえ、京を支配する弾正がこれを阻止できなかったことに、ある疑いをもった。弾正は義秋方に寝返るつもりやもしれぬ。とすれば、一日も早く、京とその周辺から弾正の勢力を駆逐して、義栄を上洛させ、叙任を勝ちとらねばなるまい。

焦りをおぼえた三好一党は、総力を挙げて弾正を叩くことに決する。

足利義栄はついに阿波国を出て、淡路島へ渡海し、そこで吉報を待つことになった。三好三人衆と並ぶ三好一党の重鎮、篠原長房《しのはらながふさ》が先陣を承り、四国衆二万五千を率いて、摂津兵庫浦に上陸したのが、晩夏のことである。

篠原勢は、連戦連勝で松永方の城を次々と抜き、京へ迫った。

この戦況をみながら、義秋は、輝虎と信長に対し、至急の上洛を促す御内書を発する。だが、依然として、輝虎は武田・北条と和議を結べず、信長もまた木曾川の戦陣で美濃勢を対手《あいて》に苦戦を強いられていた。

秋も半ばになると、松永方で最も抵抗の烈《はげ》しかった摂津堀城の細川藤賢《ふじかた》が城を明け渡し、京の南西側の出入口を扼《やく》していた城砦群も、ことごとく三好方の手に落ちてしまう。

勢いを得た三好一党は、近江坂本へ三千の兵を出陣させ、湖水を挟んで矢嶋を牽制《けんせい》しはじめる。

「どうしたらよいのじゃ、與一郎」

義秋は、身を顫《ふる》わせて、うろたえた。

「ひとまず若狭へ落ちるほか手だてはござりますまい」

と進言したのは、十兵衛であった。若狭守護武田義統《よしむね》は、義秋の妹婿にあたる。

「十兵衛、僭越《せんえつ》であるぞ。そちに訊《き》いておらぬわ」

十兵衛を怒鳴りつけた義秋だが、かえって與一郎に叱りつけられる。

「左馬頭さま。わがほうに、明智十兵衛ほどの才覚者はおり申さぬ。それがしは、十兵衛に同意にござる」

「與一郎……」

「万事、十兵衛におまかせなされい。それとも、武門のご棟梁らしゅう、合戦のお下《げ》知《ち》をなされまするか」

列座の者、皆々、息を呑んだ。

細川與一郎は、三代将軍義満の子を祖とする三淵《みつぶち》氏の晴員《はるかず》と、明経《みょうぎょう》博士清原宣賢《きよはらのぶかた》のむすめとの間に生まれたことになっているが、実は十二代将軍義晴《よしはる》の胤《たね》である。義晴が、近衛氏から正室を迎える前に身籠《みご》もらせた清原宣賢のむすめを、そのまま三淵晴員に下げ渡したというのが真相であった。つまり、義輝・義秋兄弟の異腹の兄ということになる。

これは公然の秘密であり、なればこそ、諸将はもとより、義秋でさえ、與一郎には遠慮があった。ところが、與一郎は、義輝に仕えていたころから控えめで、臣下の分《ぶ》を決して逸脱せぬ、武士の鑑《かがみ》のような人物なのである。

その與一郎が、義秋を叱りつけたのだから、人々がおどろいたのも無理はなかろう。

「か……合戦……」

ますます義秋は顫えた。

「相分《あい》かった」

ごくり、と義秋は喉仏を上下させる。

「十兵衛。何事もそちにまかせる。よきに計《はか》ろうてくれよ」

「身に余るお言葉、恐悦至極に存じ奉る。この明智十兵衛、左馬頭さまの御為《おんため》、命を投げ出す所存」

この瞬間、十兵衛は、義秋側近中の随一となった。

旧暦八月の末、義秋は、細川與一郎・明智十兵衛・一色藤長・三淵藤英《ふじひで》・上野清信《うえのきよのぶ》・智光院頼慶《ちこういんらいけい》ら、十騎ばかりを供として、夜陰に乗じ、矢嶋の御所を忍び出た。

そのさい十兵衛が、銭のほかに、酒を持ち出させた。

身辺警固の矢嶋越中守にも告げなかったのは、六角義弼が坂本の三好勢と呼応する手筈《てはず》やもしれぬと危惧《きぐ》したからである。六角氏の被官に告げれば、たちまち義弼にも伝わるとみなければなるまい。

木浜へ着いて、舟を調達しようとしたところ、床に就いていない船頭はほとんどおらず、ようやく見つけたのが、骨ばかりとみえる薄っぺらな体軀の持ち主の老船頭であった。

老船頭は、骸骨《がいこつ》じみた面貌に不審の色を露《あらわ》にして、義秋らを怪しんだ。

そこで十兵衛が、すかさず鳥目《ちょうもく》を渡し、酒を振る舞った。廻国修行の長かった苦労人のやり方というべきであろう。こういうことは、與一郎以下には思いつかぬ。

上機嫌になった老船頭は、夜の舟出を快諾し、皆の袴《はかま》が汚れぬようにと舟床に筵《むしろ》を敷き延べたりした。

秋風にさやさやと揺れる葦原から、舟は水押《みよし》に湖水を切らせて滑り出る。湖上に下弦の月のかかる、蕭条《しょうじょう》として、しかし美しい夜であった。

十兵衛は、舟を堅田《かただ》の浜へ着けるつもりでいる。三好勢の布陣する坂本の北、一里半ばかりのところだ。琵琶湖は、楽器の琵琶の形に似ているためにつけられた名だが、その琵琶の最もくびれた部分の両岸が、木浜と堅田である。したがって、両津の間は半里余りと、きわめて短い。

「寒い」

義秋が、身を縮こまらせた。重ね着をし、防寒の備えは充分である。その寒さは心細さからくるものに違いない。

風はさほどではなく、波もさざ波ていどである。艪音《ろ》も規則的に、舟は軽快に湖水を渡ってゆく。心配された老船頭だったが、艪さばきには年季が入っているとみえ、揺れは少なかった。

「なんや……」

ふいに老船頭が不審げに言い、艪を漕《こ》ぐのをやめてしまう。

十兵衛は、船頭と同じように、前方へ目を凝《こ》らした。灯火が点々と見える。早くも堅田に着くのであろうか。

音が聞こえる。艪音だ。それも、たくさんの。

十兵衛は叫んだ。

「船頭。舟を返せ」

だが、おそかった。

義秋の舟は、素早く回り込んできた数艘《そう》の舟に、たちまち退路を塞がれてしまう。

十丁艪や、それ以上のものに敵《かな》うはずはない。

前面には、二階造りで垣立《かきたつ》をめぐらせた小早《こばや》まで迫っているではないか。義秋の舟を包囲した敵の船団は、大小合して二十艘余りであろう。

(抜かった……)

十兵衛は臍《ほぞ》を噛んだ。周到に秘したつもりでも、にわかの逃走であったゆえ、どこかに綻《ほころ》びが出たのに違いない。

船団の立てる波に、義秋の舟は右に左に大きく傾《かし》いだ。そのたびに、義秋が身も世もあらぬような悲鳴をあげる。

それで十兵衛は思い至った。今朝、夜になったら矢嶋を出ると決めた直後、義秋は奥へ引っ込んだ。おそらく、女たちと別れを惜しんだのであろう。そこから、義弼なり、坂本の三好勢なりへ、急報が飛んだとしても不思議ではあるまい。

「じゅ、十兵衛。なんとしたことじゃ。予は殺されるのか」

「ご案じ召されまするな。三好とて、二度も弑逆の大罪を犯すほど、愚かではござりますまい」

ほとんどおためごかしにすぎぬ。いまだ将軍でない義秋を殺害することを、三好勢は躊躇《ためら》うまい。

「こなたは、岩成主税助《ちからのすけ》友通である」

三好三人衆のひとりが、小早から声をかけてきた。猛将として知られる男である。

「足利義秋さまの御座舟《ござぶね》と見受け申した。義秋さまには、わが舟にご動座願わしゅう存ずる。よもや不承知とは仰せられまいが、万一お聞き届けなきときは、矢を射かける。ご返答、いかに」

義秋の舟の中に、重苦しい空気が流れたのは一瞬のことで、義秋の甲高《かんだか》い顫え声がそれを乱した。

「移る。予は向こうへ移るぞ」

「左馬頭さま」

立ち上がろうとする義秋を、與一郎は押さえた。

「立たせよ、細川與一郎」

だしぬけに、老船頭が命じたではないか。

舟の人々は、一斉に、船尾に立つ老船頭を見る。

「無礼者」

いちばん近くにいた上野清信が、手を伸ばしたが、老船頭には触ることすらできず、舟床へひっくり返ってしまう。

老船頭の紙のごとく平べったいからだが、ゆらゆら揺れたかと見るまに、風に押されたように、ふわっと舞い立って、幾人かの頭上を越え、義秋の背後へぴたりと降り立った。

天狗であろうか。舟の人々、一様に、あっけにとられる。

「細川與一郎と明智十兵衛ならば、躬《み》のことを知っておろう」

老船頭は、二人に言って、薄く笑った。

與一郎が先に気づいて、あっと口をあける。

「九条……」

そこまで洩らして、あわてて口を噤《つぐ》む。

十兵衛も察した。会うのは初めてだが、その存在については、小侍従局を守って壮絶な死を遂げた石見《いわみ》坊玄尊《ぼうげんそん》より聞いている。

（風箏《ふうそう》……）

武家の世をきらい、関白氏長者《かんぱくうじのちょうじゃ》を辞して、諸国放浪の旅に出て十余年、山中に籠もり、飯綱《いづな》の法を会得して、自在の幻術を操るようになった九条稙通《くじょうたねみち》卿こそ、風箏の正体である。

義輝一党が、弾正とその麾下の黒京衆《こくぎょうしゅう》を向こうにまわして、山城国淀城《よどじょう》で血戦に及んだとき、風箏は弾正側について、その命を救っている。十兵衛が駆けつけたときには、すでに風箏の姿はなかったが、義輝の威にうたれて消え去ったという。

「與一郎、抜き身を義秋にもたせよ。十兵衛は、松明を躬によこせ」

両人とも、言われたとおりにする。

風箏は、双眸《そうぼう》をらんらんと輝かせた。

すると、どうしたことか、夜空の雲が動きだすのが感じられ、月は隠れてしまい、風もにわかに強まる。

岩成友通の船団の舟は、いずれも左右に揺れはじめた。ところが、義秋の舟のまわりだけ、湖面が穏やかで、舟は揺れぬ。

雷鳴が轟き、次いで、天空を稲光が奔《はし》った。

天候の急変に、岩成船団の人々は、恐怖をおぼえ、舟上で右往左往する。

また、天が光った。その一瞬の眩《まばゆ》い光は、舟中に立つ義秋の姿を浮かび上がらせる。ひいっ、と岩成友通は息を呑んで、立ちすくむ。

義秋の背後で、めらめらと音たてて、炎が燃え立った。そこだけ、昼をも欺く明るさではないか。

岩成友通の眼に映った人は、義秋ではない。義輝であった。室町御所で、鬼神の如き剣技を披露し、従容《しょうよう》としてみずから火炎の中へ歩み入った義輝ではないか。

「主税助。いま、そこへ参ろうぞ」

義輝が穏やかに言った。

「あああーっ」

いかつい満面を恐怖の色で塗り込め、岩成友通は狂ったようにわめいた。

「退《ひ》け、退け。早《はよ》う退け。舟を返せ」

殿、お静まりをという、家来たちの声など耳に入らぬ。岩成友通は、大刀をすっぱ抜き、自分に触ろうとする家来たちを片端から斬り捨てる。

「寄るな。来るな。おれではない。おれは弾正に唆《そそのか》されただけだ。義輝公を弑逆するつもりなど、なかった。なかったのだ」

大将がこの狂乱ぶりでは、どうしようもない。船団も強風に翻弄《ほんろう》されている。転覆する前に、舟を戻すしかあるまい。

岩成船団は、逃げるようにして、堅田のほうへ艪を軋《きし》ませていった。

そのようすを、立ったまま茫然自失の態《てい》で見送る義秋は、何が起こったのか、理解できずにいる。與一郎と十兵衛以外の者らも同様であった。

「義秋よ」

風箏が、義秋のからだを向き直らせてから、突き飛ばした。それで義秋も我に返る。

「な……なにをいたす」

「黙れ、あほうめが」

風箏の底光りのする眼に、義秋は怯《おび》えた。

「躬はおぬしを助けたのではないぞ。十兵衛と與一郎を助けたのだ。この両名は、義輝公の遺臣ゆえな。おぬしのようなあほうのために犬死《いぬじに》させては、いちど義輝公に命を助けられたこの躬の寝覚めが悪い」

風箏は、淀城の血戦で、義輝が風箏を斬ることができたのに見逃してくれたことを、忘れずにいた。この稀代の変種というべき公卿もまた、義輝の遺恩に報いたのである。

「よいか、義秋。血筋ではない。人としての分をわきまえよ。この風箏が、いつもおぬしを見ているぞ」

義秋は、幾度もうなずいた。そうしないと殺されると思ったからである。

風箏が、十兵衛と與一郎を眺めやり、小さく嘆息した。

「将軍家は、義輝公で果てたと思わぬか」

「畏《おそ》れながら……」

と口を開きかけた十兵衛だが、よい、と風箏に制される。

「武家同士、いつまでも殺し合えばよいわ」

吐き捨てるなり、風箏は五体を湖面へふわりと移した。

おどろいたことに、沈まぬ。湖面に立っている。そのまま風箏は、おそろしい迅《はや》さで後退し、闇の中へ没し去った。

いつのまにか、風は熄《や》み、空に下弦の月がふたたび現れている。

十兵衛には、與一郎が涙を怺《こら》えているのが分かった。

武家ぎらいの九条稙通卿までが、義輝の死を心より悲しんでいる。自分がどれほどの大器に仕えていたか、あらためて思い知る與一郎なのであろう。

（大樹《たいじゅ》……）

心中で十兵衛も、義輝をよんでみた。やはり、熱いものがこみあげてくる。

（いまいちど、会いとうござる）

ついに十兵衛は、嗚咽《おえつ》を洩らした。

義秋も余の者も、與一郎と十兵衛のただならぬようすを、ただ声もなく眺めるばかりであった。


この後、明智十兵衛と細川與一郎の奔走により、義秋改め足利義昭《よしあき》が、織田信長に奉じられて入京し、第十五代室町将軍となることは、史実の示すとおりである。

やがて、信長と不和になった義昭は、十兵衛と與一郎に諫《いさ》められたが、これを容《い》れず、両人から見限られてしまう。この瞬間から、義昭は落ちてゆく。

天正元年（一五七三）、義昭は挙兵したものの、信長に一蹴され、京から放逐された。ここに室町幕府は、二百三十八年に及んだ幕を下ろしたのである。

義昭は、文禄《ぶんろく》の役《えき》に、豊臣秀吉に従って肥前名護屋《なごや》に出陣したあと、腫物《はれもの》を病み、それがもとで卒した。

義昭の猶子《ゆうし》として、京都醍醐寺三宝院に入室し、門跡となった義演《ぎえん》は、義昭の訃報に接して、日記にこうしたためている。

「何ら思うところなし」

義昭の遺恩を思う人はいなかったのであろうか……。

あとがき

公方様御前に利剣あまた立てられ、度々とりかへ切り崩させ給ふ御勢に恐怖して、近付き申す者なし

——『足利季世記』

二十代の半ばから、曲がりなりにもプロの物書きとしてこなした仕事は雑多だった。アニメ脚本やビジネス漫画の原作から、会社案内のパンフレット、子供向け雑誌のクイズ問題、果ては家事秘訣集やら、アイドル歌手やヨガの先生のゴーストライティングまで。

やがて、小説を書くようになって手がけたのが、ＳＦファンタジー、パロディー、スラップスティック。

本格時代小説、いまだ遠し、であった。

そういう中で、足利義輝の最期を活写した冒頭の一文に出会ったのがいつだったのか、いまとなっては思い出せない。義輝を書きたい、と渇望したことだけをたしかに記憶している。

四十歳まであと三、四年となったころ、自身に問うた。いちばん書きたいものといつ真剣に向き合うのか。還暦デビューの隆慶一郎《りゅうけいいちろう》の軌跡は励みだったが、それでも焦燥に駆られた。実際に鼓動が速まり、息苦しかった。

思い切って、おぼろげに見えていた義輝の青春を辿る旅へ出た。一九九二年二月のことだ。

義輝終焉の地、室町通の武衛陣《ぶえいじん》跡の前に佇《たたず》んだその日、京都は春近しを思わせ、少し汗ばむほどだった。ところが、滋賀県に入り、琵琶湖沿いの湖西線で北上するうち、風花が舞いはじめた。安曇川《あどがわ》駅からバスに乗ったころには大雪となり、目的地の朽木《くつき》へ到着したときには、一面の銀世界で、歩けばブーツの足首より上まで沈んだ。

都《みやこ》落ちの義輝も眺めたはずの庭に立ったとき、暖気を奪われ寒気にさらされた若き武門の棟梁《とうりょう》の顔というものを思った。

昨日を嘆く顔ではない。明日を期する顔であった。この瞬間、史実から逆算した悲運の将軍ではなく、いまを生きる陽《よう》にして凜乎《りんこ》たる武人が、清《さや》かに見えた。

図《はか》らずも、物書き人生の中でひとつの時機《とき》を捉えたのかもしれない。その日、京と朽木を訪れたからこそ、一日のうちに都と鄙《ひな》とで両極端の天候に遭遇できた。まだ若さを感じられる年齢だったせいか、天候の急変も膚《はだ》に突き刺すような冷気も愉《たの》しめた。

旅がその日でなかったら、さらには僕が四十歳をこえていたら、どうだったろう。庭に立つ若き将軍は陰鬱な顔つきで、想い描いた義輝像も物語もまったく違うものだったかもしれない。そう思うと、膚に粟粒《あわつぶ》が生じる。

十日間ばかりの取材旅行を了《お》えるころには、この一作にすべてを懸ける覚悟ができていた。

それなのに、書き始めると、苦しんだ。肉体的にも、頭痛や胸痛などがつづいて、何か奇病に冒されたのではと本気で恐れた。体調不良の原因はストレスだと医者に診断された。

『剣豪将軍義輝』を脱稿したのは、九五年の秋。取材旅行からおよそ三年半の歳月を要している。その年の暮れに刊行されると、幸い好評を得て、以後は時代小説家として認知されるようになった。

義輝その人に精魂を込めた作品だっただけに、また会いたいと思うことが、しばしばあった。本書中の義輝異聞はそういうときに書いたものだ。

ミュージカル『マイ・フェア・レディ』の原作は、バーナード・ショーの戯曲『ピグマリオン』だが、これはギリシャ神話がもとになっている。彫刻師ピグマリオンが、自身の製作した象牙の処女《おとめ》を眺めているうち恋をしてしまい、愛と美の女神アプロディテに願ってその彫像に本物の生命を吹き込んでもらうのだ。芸術家の業《ごう》というものの譬《たと》え話でもあろう。

義輝に対しては、僕もピグマリオンだったかもしれない。同時に、小説家はある意味、神でもある。みずから、ふたたび義輝に生命を吹き込むことにした。海王という遺児の姿をかりさせて。

『剣豪将軍義輝』『義輝異聞　将軍の星』『海王』。いずれも文庫という最終形になったいま、合わせて四千枚を超える大部《たいぶ》をご愛読下さった読者の皆様に、あらためて感謝申し上げる次第である。

二〇一二年二月

宮本昌孝

この作品は二〇一二年三月徳間文庫より刊行されたものの新装版です。

徳間文庫

義輝異聞
将軍《しょうぐん》の星《ほし》
〈新装版〉

2023年1月15日 初刷

著者 宮《みや》本《もと》昌《まさ》孝《たか》
発行者 小宮英行
発行所 株式会社徳間書店
東京都品川区上大崎三-一-一 〒141-8202
目黒セントラルスクエア
電話 編集〇三(五四〇三)四三四九
販売〇四九(二九三)五五二一
振替 〇〇一四〇-〇-四四三九二
印刷
製本 大日本印刷株式会社

ISBN978-4-19-894814-6 (乱丁、落丁本はお取りかえいたします)

徳間文庫の好評既刊

宮本昌孝

剣豪将軍義輝 中

孤雲ノ太刀

三好長慶《みよしながよし》に京を追われ近江《おうみ》の仮御所に逃れた将軍義輝《よしてる》は、剣の道を究《きわ》めるべく武芸者・霞新十郎《かすみしんじゅうろう》として廻国《かいこく》修業の旅に出る。供は忍びの浮橋《うきはし》ただひとり。剣聖・塚原卜伝《つかはらぼくでん》に教えを請うべく鹿島《かしま》に向かった義輝は、旅の途上で斎藤道三《さいとうどうさん》、織田信長《おだのぶなが》ら乱世の巨星と宿命の出会いを果たす。さらに好敵手・熊鷹《くまたか》や愛しい女性《にょしょう》との再会も……。乱雲のなか己《おのれ》の生きる道を求める剣豪将軍、波瀾万丈の青春期！

徳間文庫の好評既刊

宮本昌孝

海王 中

潮流ノ太刀

安土城を構え、天下布武の大業を半ば成し遂げた織田信長を狙う狙撃者。信長の命を救ったのは海王《かいおう》と名乗る青年だった。戦で負傷し記憶を失った海王は、養母メイファの宿敵である倭寇《わこう》の凶賊・ヂャオファロンの息子と思い込まされていた。だが自由で高貴な魂は変わらない。その魂に惹かれ、心許した信長は、本能寺の炎風の中で問う。「我が大業を継ぐか、海王」。徹夜読み必至、怒濤《どとう》の中巻！